KB078531

광풍
제월

만상조 新무협 판타지 소설

FANTASTIC ORIENTAL HEROES

광풍제월 7

만상조 新무협 판타지 소설

초판 1쇄 찍은 날 § 2016년 6월 17일
초판 1쇄 펴낸 날 § 2016년 6월 24일

지은이 § 만상조
펴낸이 § 서경석

편집책임 § 김현미

펴낸곳 § 도서출판 청어람
등록번호 § 제387-1999-000006호
등록일자 § 1999. 5. 31
어람번호 § 제2-2665호

주소 § 경기도 부천시 원미구 부일로 483번길 40 서경B/D 3F (우) 14640
전화 § 032-656-4452 팩스 § 032-656-4453
http://www.chungeoram.com
E-mail § chungeorambook@daum.net

ⓒ 만상조, 2015

ISBN 979-11-04-90854-5 04810
ISBN 979-11-04-90462-2 (세트)

※ 파본은 구입하신 서점에서 교환하여 드립니다.
※ 저자와 협의하여 인지를 붙이지 않습니다.
※ 이 책은 도서출판 청어람과 저작자의 계약에 의해 출판된 것이므로,
   무단 전재 및 유포·공유를 금합니다.

狂風霽月

광풍제월

7

만상조 新무협 판타지 소설

FANTASTIC ORIENTAL HEROES

도서출판 청어람

광풍
제월

目次

第一章   무중(霧中)   7

第二章   분노(忿怒)   73

第三章   비원(悲願)   109

第四章   정상(頂上)   149

第五章   귀향(歸鄉)   185

第六章   목적(目的)   219

第七章   계승(繼承)   273

第一章
무증

천원산(天元山)은 주변에 사는 이들을 제외하고는 거의 알려진 바가 없는 고요한 장소로, 때때로 구름이 내려앉아 그 끄트머리가 하늘까지 닿는다고도 알려져 왔던 장소였다.

들짐승도 살지 않는 곳. 더군다나 아침과 밤이 될 때면 흰 안개가 산을 가득 감싸, 한 치 앞을 구분하기도 어려울 정도라고 했다.

그런 안개가 자욱이 낀 길 위에, 한 명의 그림자가 천천히 드리우고 있었다.

천원산의 주변에는 아무도 살지 않는다. 산의 근방에 들어오기까지는 따스한 햇살이 내리쬐고 있었지만, 안개로 이루어진 구역에 들어서면 차디찬 한기가 온몸으로 스며들기 때문이다.

혹자는 그것을 영험한 기운이라고들 하지만 천원산에 접근한 대부분의 사람들은 그것을 위협으로 인지했다. 작물조차 제대로 자라지 않는 땅에 굳이 발을 붙이고 살 이유가 없었던 것이다.

그리고 안개를 헤집은 그림자는 이윽고 천천히 길을 찾아 그곳에 발을 내디뎠다.

숨을 쉴 때마다 찬 공기가 찰랑인다.

안개가 갈라지자 등에 거대한 도를, 허리에는 칼 한 자루를 찬 소년의 모습이 보였다.

"여긴가."

소하는 느릿하게 눈을 들어 올렸다.

거대한 협곡(峽谷). 그 안에서 안개가 느릿하게 나선을 이루며 회오리치는 모습이 보였다.

"내 도움은 여기까지다."

소하를 천원산 근처까지 데리고 온 선무린은 이내 미련 없이 몸을 돌렸다.

그것에 소하는 의문이 들 수밖에 없었다. 비원동이라는 곳이 시천마가 힘을 얻은 장소라면, 어째서 그는 그곳을 가려 하지 않는 것인가?

그 질문에 선무린은 쓴웃음만을 흘릴 뿐이었다.

"나는 실패했지."

그 말을 남기고 그는 천천히 사라져 갔다.

주위를 둘러보던 소하는 문득 자신의 옆에 있었던 운요의 빈자리에 조금 서글픈 기분이 들었다.

비원동의 이야기를 전하고, 함께 가주기를 요청했을 때 운요는 그것을 거절했다.

자신은 자신의 방법을 찾아야 한다며 비원동은 소하 혼자서 가는 게 나을 거라는 말을 남겼을 뿐이다.

'처음인가.'

이설을 비롯해 많은 이와 함께 다녔던 나날들이었다. 그러나 처음으로 홀로 남게 된 것에, 소하는 뭔가 자세히 설명할 수 없는 감정이 들고 있었다.

"일단은."

앞으로 가는 게 먼저일 것이다.

소하는 싸늘한 한기에 팔을 문지르며 서서히 안개 속으로 걸음을 옮기기 시작했다.

*　　　*　　　*

"서장의 무인들이라……."

상관휘는 나직이 중얼거렸다. 서장의 무인들이 중원을 공격하기 시작했다는 것은 이미 백영세가의 화재를 통해 모두에게 알려진 사실이었다.

더군다나 그 서장의 무인들이 가진 무공이 상당히 고절했기에 모두가 긴장한 상태로 그들을 주시할 수밖에 없었던 것이다.

"전승자들은 뭘 하고 있지?"

천회맹이라는 젊은 신예 조직 내에서 가장 큰 세력은 상관휘가 이끄는 세가(世家) 계열과, 곡원삭으로 대표되는 천하오절의 전승자들이 이끄는 계열이 있다. 그리고 점차 중원에 많은 일이 벌어질수록 상관휘와 곡원삭의 세력 다툼이 치열해지고 있었다.

"초량의 패배 때문인지 다급해진 모양이네. 굉천지주를 뒤쫓고 있는 모양이던데."

"꼬리를 붙인 건가. 이쪽과 같군."

상관휘가 어깨를 으쓱이자 제갈위는 살짝 표정을 굳혔다.

"청성신협이 서장무인 한 명을 처치했네."

"호오."

제갈위의 소식통들은 이미 무당파 내부까지 잠입해 있었다. 이전 축생도에게 매수된 천웅처럼 금전적인 부족함이나 재능의 한계로 인해 다른 곳에서의 도움을 원하는 문원이 많았기 때문이다.

"검렵이 나타났지만 그 역시 격퇴했다……?"

상관휘는 이해할 수 없다는 표정을 지었다.

검렵 선무린은 그들의 상상을 초월하는 강자였다. 아무리 백로검의 전승자인 청아가 있다고 해도, 그녀 혼자서는 절대 이길 수 없으리라 생각했던 것이다.

"다른 무언가가 있을 수도 있겠지. 실제로 검렵은 그 후 광천지주와 함께 움직이기 시작했다더군."

그들 자신은 모르고 있겠지만, 지금 소하의 행보는 무림의 요인(要人)들 사이에서 상당한 관심을 받고 있었다.

광천을 가진 자, 더군다나 그가 접촉한 이들의 수준이 상상을 초월할 정도였기 때문이다.

"대체 누구지."

상관휘는 머리를 긁적였다. 그의 생각으로는 도저히 추론이 불가능할 지경이었다.

"갑자기 튀어나온 자가 광천도법을 쓰는 데 이어, 백로검의 전승자까지 만났다라."

시천월교의 지배에서 갓 벗어난 지금이다. 여러 인물이 부지기수로 출현하는 것을 빨리 파악해 대처하는 것이 천회맹 내에서 살아남는 데에 필요한 기술이었다.

"전승자들도 바쁘게 움직이겠군."

그들은 소하의 움직임을 좋게 보고 있지 않다. 애초에 운요를 제갈위와 함께 하는 자로 판단하고 있었기에, 아마 소하가 청아를 만난 사실을 듣는 즉시 자리에서 일어설 수밖에 없었으리라.

"신비공자까지 거슬리는 마당에, 참 복잡한 일이야."

갑작스레 백면이란 세력까지 등장해, 대놓고 무림의 중심으로 나서는 판국이다. 더군다나 그들은 어디서 데려왔는지 모를 고수들까지 포진해 있어 천회맹의 심기를 거스르는 중이었다.

"그들이… 서장의 습격에 대해 선언해 버렸으니."

백면은 서장무림에 맞서 무림이 하나로 뭉쳐야 한다고 외치고 있었다. 백영세가의 지원과 고수들의 활약으로 인해 지금 무림에서는 서장과 결탁한 세력들을 하나하나 발본색원(拔本塞源)하자는 움직임마저 이는 중이었다.

"어떻게 할 텐가? 휘."

"방도가 있나? 일단은… 그들과 힘을 합치는 수밖에."

제갈위는 숨을 삼켰다. 얼마 전부터 상관휘가 독자적으로 보이는 움직임에 그는 조금씩 걱정이 일고 있던 터였다.

상관휘를 비롯한 오대세가의 인물들은 전승자들에게 자신들이 밀려나는 것을 원하지 않았다.

그러나 이미 전승자들을 따르는 이들이 많아지고 있던 차였기에 상관휘는 다른 세력과의 연계를 노리는 것이다.

"그들의 진의가 무엇인지 알 수 없네."

"서로 이용하는 관계일 뿐이라는 걸 알지 않나?"

상관휘는 자신만만한 사내다. 그것이 뭇 무인들을 끌어들이는 매력이 되었기에 그가 지금 천회맹에서 요직을 차지하고 있는 것이지만, 제갈위는 불안할 수밖에 없었다.

신비공자 단리우. 어디서 나타났는지 모를 그 인물은 타고난 수완으로 백영세가의 지원을 얻어 무림 내에 상당한 지분을 얻는 중이었다.

벌써 여러 가문이 신비공자를 돕겠노라며 나서기 시작했고, 그 세력도 점점 커져 어느덧 천회맹의 눈엣가시처럼 여겨질 정도였다.

'게다가……'

직운문의 멸문.

그를 비롯해 열홍문과 같은 군소문파들이 계속해서 비보(悲報)를 전해오고 있었다. 하지만 천회맹 내부에서는 이렇다 할 움직임을 보이지 않는 상황이었다.

움직이는 순간, 그들이 귀찮은 일에 말려들고 마리라는 것을 알고 있기 때문이었다.

상관휘가 원하는 것은 천회맹에서의 권력이다. 사실상 지금 천회맹을 차지하는 자가 무림을 차지하는 것이나 마찬가지인 만큼, 단리우와 손을 잡아 확실한 쐐기를 꽂고자 했던 것이다.

"우리가 신경 써야 할 건, 그게 아니잖나."

"시천월교의 잔당 이야기를 하는 건가?"

상관휘는 흠 소리를 내며 자리에서 일어섰다. 고운 푸른색 무복을 정갈하게 차려입은 그는, 이내 허리춤에 갖은 장식이 가득한 칼을 두르며 눈을 돌렸다.

"고작해 봤자 예전의 영광을 망상하는 잔챙이들 뿐일세."

"직운문이 멸문했네!"

제갈위는 답답해 소리를 높였다.

"그곳에 얼마나 많은 고수가 있었는지를 잊었나!"

모조리 죽었다. 심지어 시체의 수습까지도 이뤄지지 않아, 아직도 직운문의 주변은 시체를 뜯어먹는 들짐승들만이 어슬렁거릴 뿐이었다.

"곡원삭이 알아서 할 일이지."

"책임을 전가하는 일에 지나지 않을 걸세! 차라리 우리가 먼저……!"

"더 이상 세력을 잃을 수는 없네."

상관휘의 목소리는 낮고 단호했다.

"만약 거기서 우리가 실수한다면? 시천월교의 잔당을 잡는 데에 시간을 소모하는 사이 곡원삭과 신비공자가 연합하는 최악의 경우가 일어날 수도 있네."

"휘……!"

제갈위는 이를 앙다물었다.

상관휘와 제갈위가 우선적으로 생각하는 것은 전제부터 상당한 차이를 보이고 있었던 것이다.

"시천월교의 시대는 이미 지나갔네."

상관휘는 천천히 몸을 돌렸다. 단리우와 만나기로 한 시간이 점차 가까워지고 있었던 것이다.

"자네도 변해야만 해."

제갈위의 옆을 지나친 상관휘는 뚜벅뚜벅 걸어 바깥으로 사라져 갔다.

제갈위는 아무 말도 할 수 없었다. 자신의 친구가 꿈꿨던 대망(大望)이 눈앞까지 다가와 있기에 그가 다른 곳에 신경을 쓰지 못한다는 사실을 알고 있었던 것이다.

'그러나 누군가는 알아야만 한다.'

제갈위는 입술을 꾹 깨물며 옆을 바라보았다. 천회맹의 내부는 이미 양 세력의 충돌로 인해 엉망이 되어 있는 터였다.

가만히 고개를 숙이고 있던 제갈위는 이윽고 몸을 돌렸다.

"정말로 그게 옳다고 생각해요?"

이전, 묵궤를 추적할 당시 들었던 한 마디.

소하의 말은 아직까지도 제갈위의 머릿속에서 맴돌고 있었다. 그것은 자기 자신에게 내려진 엄중한 체벌처럼 느껴질 정도였다.

그는 천천히 몸을 돌렸다.

들어 올린 두 눈은 알 수 없는 결의를 다짐하고 있었다.

                    *   *   *

　"이보게, 이보게!"

　안개 속을 걷던 소하는 누군가의 목소리를 듣고 눈을 들었다.

　한 치 앞도 제대로 보이지 않는 안개 속에서 소하는 곧 오른쪽 구석에서 자신을 향해 손을 흔들고 있는 그림자를 볼 수 있었다.

　"여기서 사람을 보다니, 거 희귀한 일이군!"

　등에 큰 봇짐을 멘 남자는 어설프게 난 콧수염을 어루만지며 소하에게 다가섰다.

　그러자 소하는 저도 모르게 시선을 아래로 옮겨 그의 허리를 확인했다.

　칼은 없었고, 흔히 내뿜을 법한 살기나 경계 역시 전혀 보이지 않았다. 그저 순박한 웃음을 짓는 중년인 하나만 있을 뿐이다.

　"난 두석(斗析)이라고 하네. 행상(行商)을 하고 있지."

　그는 싱긋 웃으며 소하에게 말을 걸었다.

　깊은 주름이 지는 얼굴, 소하는 순간 그에게 경계심을 가졌던 자신이 조금 변했음을 깨달았다.

　처음 안개 속에서 누군가를 본 순간, 서장무인들이 떠올랐다. 그들이 언제 어디에서 습격해 올지 모르는 일이기에, 소하는 무심결에 가까이 다가오는 모든 이를 경계하고 있었던 것이다.

'운요 형이 없어서 그런 걸까.'

옆에 아무도 없는 것은 처음이다. 그렇기에 괜스레 자신에게 다가올 위협을 두려워하는지도 몰랐다.

"소하예요."

"오, 보아하니 무림인이시군."

두석은 사람 좋게 웃으며 봇짐을 가리켰다.

"제법 걸어온 모양인데, 배고프지 않은가?"

내공의 사용이 원활해지면 공복에 구애되지 않게 된다.

소하는 이전부터 자신의 내공을 사용해 체내 활동을 안정적으로 유지시킬 수 있었기에 벌써 이틀이 되도록 굶고 있음에도 아직 체력이 넘쳐나는 상태였다.

하지만 음식을 보고 허기가 지는 것은 다른 문제다.

"내가 만두를 좀 싸났는데 양이 많아서… 어이구, 침은 왜 흘리나!"

다급히 후룹 하고 침을 삼켰지만, 두석은 별걸 다 보았다는 듯 하하하 하고 웃을 뿐이었다.

결국 소하는 두석의 만두를 받아 함께 길을 걷게 되었다. 이야기를 들어보니, 두석은 이 안개가 짙은 천원산 근처를 지날 때마다 여간 무서운 것이 아니었다고 한다.

"뭐 보통 사람이 많지는 않네. 한때는 우글우글했다고들 하지만……."

"많았나요?"

이전 선무린에게 듣기로는 사람의 발길이 거의 닿지 않는 곳이라고 했었다. 소하의 반문에 두석은 만두를 씹으며 고개를 끄덕였다.

"무림인들이 엄청나게 몰려댔었지. 뭐가 있는지는 몰라도… 상당히 무서웠어."

그는 무공을 모른다. 그렇기에 무인들이 잔뜩 있는 것만 보고는 냅다 줄행랑을 친 모양이었다. 행상인의 입장에서 날붙이를 든 이가 무서운 것은 당연한 일이었다.

'비원동을 노린 걸까.'

아마도 그에 대한 소문이 퍼진 탓일 수도 있었다. 선무린 역시 시천마의 무공이 숨어 있을지도 모른다는 소문을 듣고 이곳으로 향했기 때문이다.

그는 자세한 이야기를 해주지 않았지만, 소하는 적어도 그가 비원동 내부로 들어갔음을 알 수 있었다.

"가끔은 안개가 걷힐 때도 있다네. 이 천원산 근처의 경치가 제법 좋지."

소하가 생각에 빠진 동안에도 두석은 계속해서 천원산의 경치에 대해 설명을 늘어놓는 중이었다.

간간히 이야기를 듣자면 천원산에는 말 그대로 하늘에 닿을 듯한 봉우리들이 높게 솟아 있다고 한다.

"자그마치 아홉 개!"

그는 손가락을 꼽으며 말했다. 안개를 가리키기도 했지만, 소하가 보기에는 흰 안개무리만이 꾸물거리며 허공을 흐를 뿐이었다.

"천원산의 구봉(九峰)은 정말로 유명하지. 자그마치 그 천하 오절의……."

"구봉질주(九峰疾走)."

소하의 말에 두석은 오호 소리를 냈다.

"알고 있군! 그래, 바로 그 구봉질주네. 하긴 자네는 무림인이니 더 잘 알려나? 이거 공자 앞에서 문자를 써댔구만."

그는 순박하게 웃더니만, 이내 봇짐을 다시 고쳐 메며 몸을 옆으로 슬쩍 기울였다.

"나는 선천적으로 그런 쪽에는 재능이 없어서 늘 구경만 하는 처지였지만… 그래도 자네 같은 이들이 부럽군."

그는 손이 칼인 양 허공에 멋진 자세를 잡아보고 있었다. 그러나 이내 자신이 누구인지를 알고 있다는 듯, 허무한 웃음을 지을 뿐이다.

"지금은 한 푼이라도 더 모으는 게 우선이지."

"가족이 있으신가요?"

"아, 그렇다네. 내 딸이 이제 곧 여섯 살이 된다구."

그는 자신의 딸 자랑에 여념이 없는 모습이었다. 옹알이를 몇 살에 했느니, 언제부터 걷기 시작해 바깥에서 뛰어놀기 시작했다느니 하는 이야기를 듣고 있자니 소하는 저도 모르게 마음이 편해지는 것만 같았다.

"원래는 마을 사이만 돌아다녔지만, 이제는 좀 더 먼 거리를 움직이게 됐지. 이게 돈이 되니까."

듣다 보니 어느새 그의 장사 방법까지 듣는 처지가 되었다. 아마도 두석은 꽤나 멀리에서 여기까지 온 듯했다. 천원산 너머에 작은 마을이 있기에 물건을 팔러 온 것이다.

"그러고 보니 이 근처에도 누가 살았었는데."

"이런 곳에서요?"

천원산은 사람이 살기가 참 불편하다. 하루 종일 차가운 한기가 몸을 둘러싸고 있고, 앞도 제대로 보이지 않아 어디로 움직이기도 마땅찮다.

"음, 나도 잘은 모르겠지만… 때마다 이곳에 쌀을 내려놓고 가라는 말을 들었다고 같이 일하는 사람이 말해주더군."

그것도 참 신기한 일이다.

자그마치 수십 년 치의 돈을 받았다. 먹고 도망칠 수도 있었겠지만, 그 금액이 워낙 어마어마했기에 두석이 알고 지내는 상인은 지금도 계속해서 이곳 근처에 쌀을 두고 다시 길을 지난다고 했다.

"하여간 신기한 일이 많은 게 세상… 어이쿠!"

말을 하느라 앞을 보지 않았던 두석은 소하가 팔로 막아서는 것에 부딪치고는 멈춰 섰다.

갑작스레 자신을 제지한 소하를 빤히 쳐다보았지만, 소하는 조용히 앞을 주시하고 있을 뿐이었다.

소하가 뻗은 손아귀에서 천천히 검은색의 무엇인가가 떨어진다.

딸그랑……!

쇳소리에 놀란 두석은 아래를 내려다보았다.

그곳에는 작은 비도(飛刀) 두 개가 떨어져 있었다.

"나와."

소하의 낮은 목소리가 안개를 울렸다.

"히, 히익……!"

두석이 당황해 뒷걸음치자 곧 소하의 몸에서 은은한 온기가 흐르기 시작했다. 천양진기가 자연스레 퍼지며 오감을 극도로 확대한 것이다.

"잘도 막았군."

곧 음산한 목소리가 들려왔다.

"암투표(暗投鏢)는 흔히 막을 수 없는 무기인데."

"느리던데."

소하는 차갑게 답하며 손을 털었다. 서서히 그의 눈빛이 싸늘해지고, 온몸에서는 샛노란 기운이 번져 나오고 있었다.

"입은 잘도 떠드는군."

안개 속에서 서서히 인영(人影)이 드러나기 시작했다.

"하지만 상대를 보는 눈은 엉망이군. 이 비산(飛散)… 푸헉!"

어디서 날아왔는지 모를 공압(空壓)이 순간 그의 얼굴을 두들겼다.

그가 단숨에 날아가며 땅바닥을 나뒹군다. 봐줄 생각은 없었기에, 그의 몸은 몇 바퀴를 구르고도 멈추지 않았는지 둔탁한 소리만이 일 뿐이었다.

그러자 곧 옆에서 검은 인영 셋이 더 나타났다. 두석이 더욱 겁에 질린 소리를 냈지만, 소하는 여전히 아무렇지 않다는 얼굴로 그들을 주시할 뿐이었다.

"누구냐."

"내가 묻고 싶은데."

소하는 짜증이 일고 있었다. 방금 전의 그 암투표라는 물건은 분명 두석을 단칼에 죽여 버리기 위해 던진 것이다. 다리나 팔을 맞혀 겁을 주는 것도 아니고, 인체의 급소를 향해 쏘아냈다.

검은 인영은 소하의 몸에서 풍기는 기운이 보통이 아님을 직감했다. 애초에, 주먹 한 방에 방금 전의 남자가 날아갈 정도라면 고수라는 의미다.

하지만 그들은 소하를 억누를 자신이 있었다.

"우리가 누군지 모르기에 그런 말을 할 수 있겠지. 우리는 바로……."

푸확!

두 명째가 날아갔다. 소하는 말을 꺼내던 자를 날려 버리며 손을 털었다.

이전 선무린이 보여줬던 적이라는 기술, 그것을 본 소하가 자신만의 방식대로 응용한 것이다.

그는 손을 뻗는 방식에 따라 허공에 다른 형태의 공격을 그려낼 수 있었지만 소하는 주먹을 튕기는 정도가 한계였다.

하지만 그것으로도 충분하다. 두 번째의 남자가 나가떨어지자, 소하는 어쩔 거냐는 눈으로 세 번째 남자를 쏘아보았다.

"천회맹의 인물인가?"

"아닌데."

소하의 목소리에는 짙은 불쾌함이 드리워져 있었다. 흑의를 두른 자는 잠시 옆을 둘러보더니만 이내 후우 하고 한숨을 내뱉을 뿐이었다.

"그렇다면 너와 싸울 이유는 없다… 우리는 이곳을 지켜야 해서 말이지."

소하는 눈을 돌렸다. 아마도 그들은 천원산 근처를 지키고 있는 모양이었다.

"더 이상 공격하지 않는다면 여기서 끝내겠다. 앞으로……."

스스스스!

남자의 말이 이어지자, 곧 허공에서 수십의 흑의인이 모습을 드러냈다. 다들 나무 위나 바위의 위에서 은신하고 있었던 것이다.

두석의 신음이 울린다.

"계속 우리와 부딪친다면 너 역시 귀찮은 일이겠지?"

이걸로 싸움을 끝내자는 말이다. 소하는 잠시 그를 바라보다 고개를 끄덕였다. 두 명을 기절시켜 놓았으니 이걸로 자신들을 섣불리 도발할 일은 없을 것이다.

"그럼……."

서서히 사라지는 흑의인들의 모습에 두석은 겨우 한숨을 토해낼 수 있었다. 그들이 내뿜는 무형의 기운에 이제까지 억압되어 있던 참이다.

"사, 살았군……."

그는 식은땀에 절은 얼굴을 들었다.

"자네, 대단하구만!"

이내 그는 생전 처음 엄청난 무림인을 눈앞에서 보았다며 호들갑을 떨어댔고, 소하는 허탈하게 웃으며 그와 계속 길을 걸었다.

그리고 머지않아 갈림길이 인다.

"이대로 앞으로 쭉 가면 마을이 나올 걸세. 자네가 뭘 찾는지는 모르겠지만… 그곳이라면 얼추 알 수 있지 않겠나."

"감사합니다."

소하의 말에 두석은 씩 웃어 보였다.

"목숨을 건진 건 나네만! 자네가 아니었으면 큰일이 났을 거야."

그는 그리 말하며 소하에게 고개를 숙였다.

"하지만… 더욱더 결심이 서는군."

소하가 가만히 서 있자, 그는 조용히 말을 이었다.

"나는 무림인은 못 될 것 같네."

그렇게나 무서운 기운 속에서 살아가는 자들. 두석은 소하를 전혀 다른 세상의 인간을 바라보고 있는 것처럼 주시하고 있었다.

"잘 가게."

두석이 멀어져 간다. 그의 몸이 안개 속으로 파묻히자, 소하는 잠시 서 있다 한숨을 토했다.

"무림인이라."

자신도 이제 완연히 그렇게 보인다는 말일까.

소하는 잠시 손에 떠돌던 금속의 감촉을 떠올리다 이내 천원산으로 눈을 돌렸다.

일단은 조금 더 주변을 돌면서 조사를 해나가야 할 듯했다.

*   *   *

"침입자?"

그 말에 남자는 고개를 갸우뚱 기울였다.

천원산은 인적이 드물다 못해 존재하지 않는 곳이다. 수많은 이가 안개 속에서 길을 잃다 돌아가기 일쑤였고, 사람들 역시 살 만한 곳이 안 된다며 모두 옮겨가 버렸다.

남자는 자신의 앞에 부복해 있는 세 명을 바라보았다. 입고 있는 흑의가 찢어지고 흙투성이가 된 모습이다. 명백히 누군가에게 공격을 당한 것이었다.

"누구지?"

"알 수 없었습니다."

안개는 상대의 식별을 어렵게 만든다. 단련한 안력이 있다고 해도, 그 안개 속에서 소하의 모습을 구별해 내는 것은 불가능에 가까웠다.

"다만… 병장기를 가진 자였습니다."

"무림인이겠지."

그러나 흑의인들에게 베인 상처는 없다.

"공타(空打)였습니다."

"허어?"

남자는 인상을 찌푸릴 수밖에 없었다. 허공을 넘어 때리는 수법으로 이자들을 맞춘 것만이 아니라 상당한 충격을 주었다?

그 말은 내공을 다루는 것이 수월한 자라는 의미다.

"목적은?"

"천원산 근처의 마을로 들어간 모양입니다."

남자는 그것에 낮은 신음을 뱉었다. 뭔가가 찜찜했다.

자신을 따르는 자들은 꽤나 고수들로 이루어져 있었다.

그런데 그런 이들을 가격한 데다 지금 보고를 올리고 있는 자가 그냥 물러설 결정을 했다는 건 상대의 수준이 '예측'보다 위라는 이야기다.

"이렇게 제멋대로 움직인다는 건… 천회맹은 아니라는 이야기가 되는군."

"예, 천회맹에서 본 적이 없는 무인이었고, 스스로도 천회맹이 아니라 말했습니다."

"갑작스레 그런 놈이 나타난다라……?"

남자는 실쭉 웃음을 흘렸다. 그러자 곧 흑의인들은 두려운 표정이 되었다. 남자의 몸에서 일어나는 잿빛 기운을 본 것이다.

"이거 의외로 빠르게 정답에 다가선 걸지도 모르겠어."

"그 말씀은……?"

남자는 가볍게 손을 털었다. 곧 잿빛 기운은 응축되더니만 서서히 그의 몸 주변에서 어른거리고 있었다.

"그놈은 시천마의 비동(秘洞)에 들어갈 수 있는 방법을 알고 있을지도 모른다."

이전부터 무림에 크게 돌았던 전설이다. 천하오절의 실종 이후, 그러한 소문이 돌자 무림인들은 앞다투어 이곳으로 달려들기 시작했다. 자신 역시 기연을 얻어 시천마와 같은 무공을 얻기를 간절히 원했던 것이다.

그러나 남은 것은 살육뿐이었다.

서로가 서로를 믿지 못했다. 남이 들어설 거라면 차라리 공격해 죽여 버리는 게 낫다고 믿는 자도 있었다. 그리하여 천원산의 아래는 끔찍한 살육만이 남았고, 안개만이 그 싸움을 비웃듯 산을 감쌀 뿐이었다.

이후 천원산은 오래도록 사람의 발길이 없었다.

일부 호사가(好事家)들은 천원산에 시천마의 유산이 남겨져 있다는 것이 그저 사람들을 끌어들이기 위한 미끼였을 뿐이라 주장하기도 했고, 서서히 무림은 시천마의 유산에 대해 잊어가기 시작한 참이다. 그 살육 뒤 아무도 기연을 얻지 못했기 때문이다.

하지만 이곳에 있는 남자를 비롯해 몇 명은 시천마의 비동이 실재한다는 사실을 알고 있었다. 그가 여기 온 것은 시천마의 비동으로 향하는 길을 확보하기 위해서였다.

"그놈을 감시해라."

그는 탐욕스러운 웃음을 지었다.

"아마도… 비영(飛影) 역시 곧 움직이겠지."

"존명(尊命)!"

곧 흑의인들의 몸이 사라지기 시작한다. 안개가 가득한 집 속에서 그는 창밖을 노려보며 중얼거렸다.

"천하제일이라……."

*   *   *

"천원산에 갔었다고? 어떻게 여기까지 용케도 찾아왔구면."

객잔에 들어서자 여주인은 쯔쯔 소리를 내며 고개를 저었다. 그녀는 국물이 묻은 자신의 옷을 팡팡 털며 소하를 맞을 준비를 하고 있었다.

"보통 다 길을 잃어서 제대로 못 가는데 말이야. 무림인이라 그런가?"

"운이 좋았죠."

이 마을은 사람이 대략 스무 명가량 사는 조그마한 곳이다.

천원산에서 조금 아래로 내려가면 나오는 곳으로, 원래 천원산 쪽에 있던 주민들이 떠나는 와중에도 일부가 남아 겨우겨우 거리를 조금 옮겨 여기서 생계를 유지하는 모양이었다.

"원래 행상인들만 간간이 오거든."

여주인은 오랜만의 손님이 반가웠는지, 퉁퉁한 몸을 빠르게 움직이며 그릇을 나르고 있었다.

김이 오르는 소면의 모습에 소하는 자신에게 흔쾌히 밥을 내준 여주인에게 감사를 표하며 젓가락을 들어 소면을 먹기 시작했다.

"그럼 그 치도 만났어?"

여주인이 그릇을 정리하며 묻자, 소하는 면을 문 채로 고개를 들어 올렸다. 누구를 말하는 것일까?

"그, 좀 모자란 사람."

"모자란 사람요?"

"응, 맨날 천원산 쪽에서 보이거든."

그녀는 양념 통을 꺼내 소하의 탁자에 놓으며 자신이 먹던 그릇들을 쌓아 옆으로 밀었다.

"종종 내려오던데, 요즘에는 뜸했지. 뭘 먹고 사는지 용케도 십 년이 넘게 지내더라구."

순간 소하는 이전 두석에게 들었던, 쌀을 놓고 간다는 행상인의 이야기가 떠올랐다. 그것과 무슨 관계가 있는 것일까?

그녀는 그릇을 씻으러 물바가지가 있는 곳으로 걸으면서 이야기를 계속했다.

"맨날 주저리주저리 노래만 불러대고, 하여간 누가 좀 돌봐줘야 하는데 불쌍하더라구."

그리고 그때 멀리서 노랫소리가 들렸다.

"아이고, 제 말을 하니 딱 왔네."

소하는 눈을 돌렸다. 누군가가 어수룩한 목소리로 노래를 부르고 있었다. 멀리 떨어져 있었지만 마치 귀 옆에서 부르는 것같이 느껴졌다.

소하는 이것이 무엇인지 이전 선무린과의 싸움을 통해 알 수 있었다.

'내공을 실은 목소리다.'

여주인은 무공을 모르기에 그저 목청이 좋다면서 투덜댈

뿐이었다.

"누구죠?"

"아무도 몰라. 그냥 바보라고 불러."

그러면서 여주인은 소면을 그릇에 담기 시작했다.

"얼른 좀 식혀봐야겠네. 잘못 먹음 입 다 데거든."

그가 올 때마다 늘 음식을 내줬던 모양이다. 잠시 그녀의
부산한 모습을 보던 소하는, 이내 후루룩 소면을 먹으며 창밖
으로 고개를 돌렸다.

천원산과 어느 정도 거리가 있어 안개가 좀 줄어든 덕에 노
래를 부르며 휘청거리고 있는 남자의 모습을 확실히 볼 수 있
었다.

나이는 대략 오십 대쯤 되었을까?

중년에 가까워 보이지만, 어린애 같은 걸음을 걷고 있으니
훨씬 어리게 느껴졌다. 수염도 제대로 깎지 않았기에 염소 같
은 수염이 삐뚤빼뚤 나 있는 모습이었다.

"허이, 허우, 허으!"

몇 번이고 그 소리를 외쳐대던 남자는 가게 안으로 들어서
며 히죽 웃었다.

"나 왔다!"

"아이고, 그래. 안 죽고 용케 왔어."

여주인은 투덜거리며 소면 그릇을 건네주었다.

"배고프다!"

"그래, 그래. 입 데지 말고 천천히 먹어."

헤죽 웃으며 소면을 먹기 시작하는 그의 모습에 여주인 역시 이제 좀 쉬려는지 의자에 앉아 차를 따르고 있었다.

조용한 가운데 먹는 소리만 흐른다. 괜스레 웃음이 난 소하는 이내 자신도 소면으로 눈을 돌렸다.

얼마 동안 먹는 소리만이 울렸고, 소하는 그릇을 다 비운 뒤 후우 하고 고개를 들어 올렸다.

그러고는 눈을 동그랗게 뜰 수밖에 없었다. 중년인이 어느새 턱에 국물을 잔뜩 묻힌 채 소하를 바라보고 있었기 때문이다.

"오?"

"오?"

소하가 고개를 갸웃거리자 중년인은 의자를 밀고 일어서며 그에게로 다가오기 시작했다. 사정없이 고개를 갸웃거리는 모습이었다.

'뭐지?'

잠시 경계심이 일었다. 다가오는 이가 기습을 한다면 그걸 바로 받아칠 수는 없는 노릇이기 때문이다.

하지만 이내 소하는 그가 헤죽 짓는 미소를 보았다.

"너 이상해!"

"......"

손가락질까지 하며 소리친 말에 소하는 얼이 빠질 수밖에 없었다.

갑자기 무슨 말을 하는 것인가?

"네?"

"이상해! 이상해!"

그는 고개를 이리저리 돌리다, 이윽고 손을 뻗어 소하의 얼굴을 쥐려 했다.

놀란 소하가 얼굴을 빼자, 그는 여전히 이상하다는 표정으로 고개를 갸웃거리며 계속해서 손을 뻗어왔다.

결국 소하는 인상을 찌푸릴 수밖에 없었다. 앉은 상태였지만 몸을 튕겨 올려 보법으로 그에게서 벗어나려 했던 것이다.

발로 땅을 밟으며 몸을 박찬 순간, 소하는 천영군림보를 응용해 뒤로 빠지려 했다.

하지만…….

닿는다.

소하는 자신의 턱에 닿은 중년인의 손을 보았다. 그는 여전히 헤벌레 웃는 얼굴을 한 채, 소하에게로 고개를 디밀고 있었다.

"나랑 같아!"

그 말이 무엇인지 소하는 이제야 이해할 수 있었다.

그는 소하와 완벽히 같은 움직임으로 따라붙었다.

"천영… 군림보."

소하는 저도 모르게 그리 중얼거렸다.

"구 할아버지는 늘 즐거워 보여요."

소하가 땀범벅이 된 채로 그리 말하자, 마 노인은 고개를 돌렸다. 종금 놀이가 진행된 지도 제법 시간이 흘렀지만 이전에 한 번 옷자락을 잡았던 뒤서부터는 구 노인이 더 빨라져서 이제 쫓기조차 버거워진 터였다.

"저 영감은 세상만사가 즐겁지."

소하가 빠진 지 한참이 지났음에도 자신이 있는 장소에서 하하하 소리를 내며 이리저리 뛰어다니고 있는 터였다.

공간 안에 비좁게 솟아나 있는 돌기둥들을 하나씩 밟으며 빠르게 쏘아져 나가는 모습, 천영군림보를 익히면 저러한 곳에서도 균형을 유지하며 움직일 수 있는 모양이었다.

"하지만 구 영감이라고 해서 마냥 그런 건 아니다."

마 노인은 소하의 머리를 툭 두들기며 말을 이었다.

소하는 눈을 돌렸다. 항상 어린아이처럼 순수해 소하에게 방긋방긋 웃으며 무공을 알려주었던 구 노인이다. 그가 다른 표정을 짓는 걸 상상하기란 어려웠다.

"…저 영감은 누구보다도 빨라야만 했으니까."

누구보다도?

소하는 그 말에 섣불리 질문을 할 수 없었다. 마 노인이 방금 꺼낸 말이 상당한 무게를 지니고 있다는 것을 본능적으로 느낀 탓이다.

"뭐 네가 알 일은 아니다. 적어도 지금은."

마 노인의 손이 떨어진다. 소하는 왠지 그것이 어릴 적 아버지가 자신을 쓰다듬어 주던 기분이 들어, 아쉬운 듯 정수리를 매만졌다.

"구 가야! 그만 뛰고 밥이나 먹자!"

"밥! 밥 좋아!"

몸을 냉큼 돌림과 동시에 공중제비를 넘어 땅으로 착지하는 그의 모습은 내공이 없는 사람이라고 생각하기 어려울 정도로 재빨랐다.

옆을 지나치는 구 노인을 가만히 바라보던 소하는, 이내 그가 멈춰 서서 어서 오라고 손을 흔드는 것에 겨우 걸음을 옮길 수 있었다.

구 노인의 이야기를 들어보고 싶었다.

＊   ＊   ＊

"와, 처음 봐! 처음 봐!"

소하는 저도 모르게 포기의 한숨을 내뱉을 수밖에 없었다.

지금 중년인은 마치 소하의 얼굴을 떡 주무르듯 계속해서 이리저리 만져대고 있었던 것이다. 보통이었으면 빠지기라도 했겠지만, 그가 천영군림보를 익혔다는 사실을 알자 소하는 움직일 수가 없었다.

"아이고, 이놈아!"

보다 못한 여주인이 고함을 질렀다.

"애 숨도 못 쉬겠다! 놔줘!"

"아, 미안!"

중년인은 이내 물러서며 실실 웃음을 지었다.

흙이 잔뜩 묻어 더러워진 그의 손을 본 소하는 뺨에 남은 찝찝한 느낌을 옷자락으로 닦아냈다.

"신기해, 신기해!"

그는 이내 더 주체할 수 없었는지 깡충깡충 옆으로 뛰고 있었다.

"영무 형이랑 같아!"

그 순간 소하는 아 소리를 낼 수 있었다.

"구 노인에게는 동생이 있었지."

노인들과 대화하던 중 들었던 이야기가 떠올랐다. 그것에 소하는 급하게 앞으로 나섰다.

"저기……."

"아, 가야 돼!"

"네?"

"안녕!"

그러고는 손을 흔들더니, 중년인은 엄청난 속도로 문밖으로 나가 버리고 말았다.

"......."

소하가 망연히 손을 내리고 있자, 여주인이 낄낄 소리를 내며 옆에서 말을 보탰다.

"청년이 마음 풀어. 저놈이 밥만 다 먹으면 바로 어디로 뛰쳐나가 버리거든."

여주인은 물이라도 챙겨주겠다며 안쪽으로 들어가고 있었다.

"돈은 여기 놔둘게요."

"응? 왜, 좀 더 있다 가지 않고……."

그 순간 여주인은 눈을 동그랗게 떴다. 열린 문이 끼이익 소리를 내며 흔들리고 있을 뿐, 소하의 모습은 어디에도 보이지 않았던 것이다.

천영군림보를 펼친 소하는 전력으로 경신을 펼치며 중년인을 따라가기 시작했다.

처음에는 조금 걱정이 되기도 했지만, 여기서 구 노인의 흔적을 만난 것을 쉽사리 놓치기는 싫었다.

지면을 밟는 발이 더욱 빨라진다. 어느덧 순식간에 마을의 대로를 주파한 소하는 멀리서 움직이고 있는 희끗한 신형을 보았다.

속도를 올린다.

소하가 접근하는 것에 중년인 역시 꿈틀거리며 반응했다. 소하를 알아챈 그는, 이내 핫 하고 웃음을 토했다.

쏴아아앗!

바람이 귀를 스친다. 소하는 그것에 인상을 굳히며 땅을 박찼다. 중년인 역시 더욱 속도를 높인 탓이다.

주변 풍경이 서서히 이지러지기 시작한다. 두 명의 속도가 극도로 높아지는 것 때문이다.

소하는 단숨에 아까 전 왔던 길이 좁아지는 것을 보았다. 중년인과 소하는 어느새 마을을 떠나, 앞쪽의 조그마한 산으로 향하고 있었다.

안개 때문에 앞이 잘 보이지 않는다. 소하는 눈에 최대한의 내공을 불어넣으며 그 희미한 자취를 쫓아 계속해서 발을 움직일 수밖에 없었다.

픽! 픽!

나뭇가지가 휘는 소리가 인다.

중년인은 소하가 뒤까지 바짝 따라온 순간 가볍게 하늘로 뛰어 나뭇잎을 밟은 것이다.

그러나 부러지지 않았다. 오히려 깃털이 내려앉은 양, 그는 허공을 유영하며 솟구쳐 올랐던 것이다.

소하는 그것에 자신 역시 나무에 발을 올렸다.

파바바박!

껍질이 부서지며 잔해가 튀긴다. 소하는 단숨에 나무를 올라가며 그대로 중년인의 뒤를 따랐다.

그 순간.

머리 위에 그림자가 어렸다.

중년인은 소하가 자신을 따라 뛰어오른 것을 보고는 그대로 몸을 던져 뒤로 뛴 것이다. 그러고는 빙글 돌며 떨어지기 시작하고 있었다.

순간 소하의 팔이 쏘아졌다.

탁!

중년인의 허리가 휜다. 소하는 아슬아슬하게 그의 몸을 스친 손을 보며 이를 꽉 악물었다.

소하 역시 나무에서 떨어져 나오며 자신의 발등을 밟았다. 동시에 그의 몸도 꺾어지며 허공에서 휘고 있었다.

또다시 스친다.

소하는 땅에 착지하며 고개를 들어 올렸다. 땀방울이 주르륵 이마를 따라 아래로 흘러내리고 있었다.

중년인도 소하와 약간의 거리를 두며 땅에 착지한 뒤였다.

그는 얼굴에 연신 웃음을 지은 채, 소하를 바라보고 있었다.

"이제 한 번 남았어!"

소하는 그것에 이 중년인이 구 노인의 동생이라는 것을 실감했다.

세 번째까지 잡지 못하면 진다.

그것이 구 노인과 자주 했었던 종금 놀이의 유일한 규칙이었다.

"그렇네요."

소하는 천천히 허리를 숙였다.

완만한 고저 차가 있는 산. 더군다나 안개 때문에 장애물을 구분하기도 어려운 곳이다.

하지만 소하의 몸이 땅을 박찼을 때, 그는 세 개의 잔영으로 갈라지며 중년인에게로 달려들었다.

흙이 튀긴다.

중년인은 소하가 세 명으로 갈라지는 것에 놀랐는지 머뭇거렸지만, 이내 빠르게 옷자락을 휘날리며 허리를 숙였다.

그와 동시에 뒤로 쏟아지는 모습. 그는 무릎을 굽혔다 펴는 반동을 추진력으로 삼아 단숨에 도망치고 있었다.

중년인은 천영군림보를 안다.

소하는 그것을 깨닫자, 결국 조심스럽게 후우 하고 숨을 내뱉었다.

소하의 몸에서 노란 기운이 뿜어져 나왔다.

그리고.

"!"

중년인의 눈이 놀람으로 물들었다. 소하가 뜀과 동시에 허공에서 수십 명의 소하가 비산했기 때문이다.

천영군림보의 첩영(疊影).

가장 처음에 배우는 기술이기도 하지만 천영군림보의 수준이 올라갈수록 더욱더 정교해지고 천변(千變)하는 보법이기도 했다.

파파파파팍!

여러 명으로 보인다 해도 결국 소하 하나의 움직임이다. 수십의 소하가 땅을 밟는 순간 동시에 여러 군데에서 흙이 튀었다.

그것을 본 중년인은 이힛 하고 웃음을 내뱉었다.

"빠르다!"

소하의 속도는 어마어마했다. 마치 하늘을 가리는 그물처럼 단숨에 중년인에게로 쏘아져 왔던 것이다.

그리고.

소하는 손을 뻗어 중년인의 등을 짚었다.

"잡았어요."

땀이 줄줄 흘러내렸지만, 소하는 씩 웃음을 지었다.

그것에 중년인은 우하하 하고 웃음을 냈다.

"내가 졌어!"

그는 그것마저도 즐겁다는 듯 마구 손을 휘젓고 있었다.

"그럼 다음에는 내가 술래 할까?"

"아, 아뇨. 좀 지치는데……."

다시 뛰자는 그에게 소하는 도리도리 고개를 저어 보였다.

좀 아쉬운지 중년인은 아이처럼 볼을 부풀렸지만, 이내 소하에게 반짝이는 눈을 들이밀었다.

"그럼 내일 또 하자!"

"아… 네. 그 정도는."

"신난다!"

손을 마구 휘두르고 있는 모습이다. 소하는 머리를 긁적이던 중, 이내 뒤를 돌아보았다.

'그러고 보니, 어디까지 온 거야?'

여기가 어딘지도 알 수가 없었다. 안개로 뒤덮이기는 했는데, 얼마만큼의 거리를 주파했는지를 추산하기조차 어려웠다.

"힘들어?"

소하는 이내 중년인이 눈앞까지 다가와 있다는 사실을 알았다.

비록 소하가 천양진기를 제대로 사용하지 않았다고는 해도, 천영군림보를 이 정도까지 쓰면서도 그는 땀방울 하나 흘리지 않았다.

그는 걱정스러운 표정으로 소하를 바라보다 조심스레 손을 뻗어 소하의 땀을 닦아주었다.

"힘들면 쉬었다가 해!"

그 순간 소하는 울컥 감정이 솟구칠 것만 같았다.

아이같이 웃으며 말하던 구 노인의 얼굴이, 문득 수염이 가득한 중년인과 겹쳐졌기 때문이다.

독 구름에 파묻히면서도 자신을 지키기 위해 달리던 구 노인의 마지막 모습마저 떠올랐다.

소하의 눈에 눈물이 차오르는 것에 중년인은 깜짝 놀라며 손을 뗐다.

"어, 어… 어……."

그는 잠시 당황해하다 이내 입을 열었다.

"우리 집으로 가자!"

손을 붙잡는다.

그는 소하가 눈을 크게 뜨는 것을 보곤 방긋 웃었다.

"놀러와!"

＊　　　　＊　　　　＊

다 무너져가는 폐가(廢家).

그 안을 어떻게든 얼기설기 받쳐 겨우겨우 붕괴를 면한 곳이 바로 중년인의 집이었다.

소하는 문득 옆쪽에 길게 자라 드리워진 나뭇잎들을 바라보다 앞으로 눈을 돌렸다.

걸을 때마다 후두둑하고 대들보에서 먼지가 떨어졌고, 벌레 몇 마리가 발을 피해 도망치고 있었다.

"들어와!"

중년인은 순박하게 그리 외쳤다.

소하가 그를 따라 안으로 들어서자 좁은 방에는 해진 이불과 조그마한 나무 탁자 하나만이 보일 뿐이었다.

'쌀.'

소하는 구석에 걸쳐져 있는 빈 동이를 보았다. 쌀을 거기다 넣어뒀었는지 곡식 몇 알만이 남아 있는 모습이었다.

바깥에는 물을 떠다놓은 바가지가 있다. 소하는 그 안으로 들어서며 조심스레 앉았다. 어느새 중년인은 앞에서 싱글싱글 웃고 있는 상황이었다.

"소하라고 합니다."

고개를 꾸벅 숙이며 인사하자 중년인은 경쾌하게 마주 고개를 끄덕이며 말을 받았다.

"난 구재령(求材齡)!"

구 노인을 떠오르게 하는 말투다. 소하는 그의 성을 듣자 정말로 구재령이라 하는 이자가 구 노인의 동생임을 확신할 수 있었다.

"영무 형이랑 알아?"

그는 쉴 새 없이 소하에게 얼굴을 들이밀며 그리 묻고 있었다.

"아······."

소하는 순간 말이 막혀오는 것을 느꼈다.

그에게 구 노인의 이야기를 해야 하는가?

이처럼 순수하게 자신을 바라보고 있는 구재령에게 구 노인이 자신을 구하다가 죽고 말았다는 이야기를 어떻게 할 수 있겠는가.

입이 다물어진다. 꽉 쥔 손은 바르르 떨리고 있었다.

눈을 맞출 수 없었다.

소하가 그렇게 고개를 내렸을 때, 가만히 고개를 갸웃거리던 구재령은 이내 웃음을 머금었다.

"아까 영무 형이랑 놀 때 같았어!"

같은 천영군림보를 익힌 이를 다시 만날 줄은 몰랐을 것이다.

소하는 이전부터 구 노인과 구재령이 그런 식으로 함께 놀아왔다는 사실을 느낄 수 있었다.

소하와 했던 종금 놀이는 아마도 그 놀이를 기반으로 만든 것이겠지.

'게다가 내공도 얼마 없다.'

구재령의 내공은 미약했다. 일반인보다 조금 더 튼튼한 정도라고 할 수 있을 것이다. 그러나 그럼에도 그가 빠른 것은 천영군림보의 움직임을 완벽히 자신의 몸에 체화한 것 때문이리라.

"이히히."

구재령의 웃음에 소하는 눈을 내릴 수밖에 없었다.

"구… 할아버지는……."

도저히 그에게는 구 노인의 죽음에 대해 말할 수 없을 것만 같았다.

"해가 뜨면 온다고 했어!"

그 말에 소하는 눈을 크게 떴다.

"네?"

"해가 뜨면!"

구재령은 당연하다는 듯 그리 말했지만 소하에게 있어서 이해할 수 있는 말이 아니었기에 멍하니 그를 쳐다보고 있을 뿐이었다.

그는 잠시 음음 소리를 내더니만, 이내 창문을 가리켰다.

"해! 뜨거운 해!"

"……?"

여전히 오리무중인 말이다.

소하가 이해하지 못하자, 구재령은 볼을 부풀리며 고개를 도리도리 저었다.

소하가 알아듣지 못하는 것이 답답하다는 양 말이다.

'어쩔 수 없나.'

소하는 한숨을 내뱉었다.

구 노인이 돌아온다?

그 말에 순간 놀라기는 했지만 소하는 분명 구 노인이 어떤 식으로 죽어갔는지를 확실히 봤었다. 지금까지도 그때의 생각만 하면 가슴속이 얼얼하게 아파올 정도다.

구재령은 신이 난다는 듯 콧노래를 부르며 옆쪽을 뒤지기 시작했다.

허름한 이불 밑, 바닥 장판을 뒤집자 먼지가 피어오르며 매캐한 냄새가 났다.

"쿨룩! 쿨룩!"

그는 기침을 해대며 무언가를 꺼냈다.

안에는 조그마한 책자 하나가 있었다.

"예전에 말해줬었어."

구재령은 소하를 빤히 쳐다보았다.

그가 무엇을 꺼냈는지는 모르지만 소하는 저 책자 안에서 알 수 없는 기운이 맴도는 것만 같았다.

"이거, 나랑 같은 사람한테 주랬어."

그 책자.

소하는 눈에 익은 글씨를 보았다.

비원동.

"비원동은 십이능파에게 맡겨진 비동이다."

구 노인이 연관된 일.

소하는 그것에 대해 제대로 알 수는 없었지만, 이 책자가 비원동으로 연결되는 열쇠임은 분명히 느낄 수 있었다.

소하에게 책을 건네준 뒤 구재령은 빠르게 방 밖으로 나섰다. 어제 입은 옷을 빨래하려는지, 바가지에 물을 떠다 옷을 적시며 계속 비틀고 있는 모습이었다.

책을 넘겨보려던 소하는 이윽고 눈을 들었다. 구재령의 움직임을 본 것이다.

'보법이다.'

그는 좁은 공간 안에서도 민첩하게 움직이고 있었다. 세탁만이 아니다. 다른 물건들을 정리하고, 한 걸음을 딛는 동작마저도 하나하나가 천영군림보의 묘리를 따르고 있었다.

그렇기에 그는 빠를 수 있었던 것이다.

"그건… 어떻게 한 거죠?"

소하가 당황해 입을 열었다.

소하가 내공을 사용해 육체를 강화한다면 지금의 구재령보다 훨씬 더 빠른 움직임을 보일 수 있다.

하지만 내공이 없다면?

그는 구재령의 움직임을 절대 쫓지 못할 것이다.

소하는 그것을 깨달은 순간 소름이 돋는 것만 같았다. 육체의 단련이라 한다면 구재령과 소하의 수준이 다를 것은 아니리라. 소하는 환열심환을 통해 몸이 강화된 상태기 때문이다.

젖은 옷을 튕겨 털던 구재령은 소하의 말에 고개를 갸웃거렸다.

"형이 가르쳐 준 건데?"

구 노인이?

소하가 멍하니 있자, 구재령은 신난다는 듯 폴짝 뛰며 말을 이었다.

"혼자 있어도 연습해야 한다고, 전부 다 알려줬었어."

말이 나오지 않았다.

십이능파 구영무에 대해서는 일찍이 운요에게도 들은 적이 있었던 터였다.

"다른 천하오절들은 그 무공으로 무림에 관여를 많이 했었지만… 십이능파는 조금 달랐어. 그를 천하오절로 만든 건……."

잠시 소하의 눈치를 살피던 그는 조심스레 말을 이었었다.

"시천마였었지."

시천마는 천하오절에 구 노인을 포함시키겠다 선언했고, 불복하는 이들에게 그렇다면 그의 천영군림보를 꺾어보라고 호언(豪言)했다.

그리고 아무도 그를 이길 수 없었다. 천하제일이라 불리던 경신법을 가진 이들이 줄줄이 구 노인의 등만을 바라보며 멀어져 갈 수밖에 없었고, 천영군림보를 응용한 무공 역시 당해낼 수 없었다.

그는 그런 식으로 천하오절이 되었다.

그리고 갑작스레 자신의 일상에서 떨어져 나가 버렸을 것이다.

"형이 돌아올 때까지 열심히 하라고 했었으니까."

구재령은 통통 발을 굴렀다. 이미 오십 대가 넘었을 만한 나이임에도, 그는 여전히 젊은이처럼 가볍게 몸을 움직이고 있었다.

"열심히 하고 있어!"

그러고는 방긋 웃을 뿐이다.

소하는 그 웃음이 보면 볼수록 구 노인을 닮았다는 생각이 들었다.

소하는 자신이 든 책을 내려다보았다. 비원동이라 쓰인 책 안에는 뭔지 모를 글자가 빽빽하게 쓰여 있었지만, 아마도 그곳으로 향하는 길을 감춰놓은 것이 분명하리라.

'일단은 이게 뭔지 알아내는 게 우선일까.'

비원동이란 곳에 접근하기 어려울 줄 알았건만, 의외로 쉽게 알아낼 수 있을 것 같았다. 소하는 그 행운에 감사하며 고개를 숙여 책을 바라보았다.

아직도 구재령은 콧노래를 부르며 휘적휘적 몸을 움직이고 있었다.

*   *   *

"벌써 소문이 퍼졌다라."

푸화악!

"크아아악!"

붉은 핏물이 안개 섞인 길을 물들인다.

칼을 들고 덤벼들었던 약관의 무인 두 명은 입을 쩍 벌린 채 벌벌 떨며 땅에 무릎을 꿇었다. 손에서는 연기가 솟으며 칼이 땅을 나뒹굴고 있었다.

"이런 잡놈들까지 다 나타난다는 건."

천하오절의 필두(筆頭).

시천마가 깨달음을 얻었다는 비원동에 대한 소문이 서서히 번지기 시작한 탓이다. 언제 어디서 그런 이야기가 흘러나온 것인지는 몰라도 남자는 이야기를 꺼낸 자를 얼추 예측할 수는 있었다.

"상관휘가 퍼뜨린 거겠군."

이렇게나 오랫동안 움직인 지역을 들키지 않았다는 것이 오히려 신기한 일일 것이다. 그의 신분상, 항상 누군가에게 주시되고 있으니 말이다.

"정보 조직 놈들을 단속해 두겠습니다."

남자의 뒤에 서 있던 흑의인이 살기 어린 목소리를 꺼내놓았다. 비밀스럽게 이리로 접근한 것까지는 좋지만, 결국 이런 식으로 꼬리를 잡힐 줄은 몰랐던 것이다.

"어차피 막을 수는 없는 일이다."

천회맹의 세력은 계속해서 서로가 서로를 견제한다.

남자는 사실 그 구도를 상당히 마음에 들어 하는 터였고, 그렇기에 굳이 상관휘를 비롯한 이들을 짓누르지 않고 내버려 두는 것이었다.

"본디 지배란……."

콰득!

"으으으윽!"

쓰러진 남자가 고통에 신음했다.

그의 손은 둥그런 구멍이 뚫린 채 계속해서 연기가 솟아오르고 있었다. 그걸 밟아버리니 신음이 터져 나올 수밖에 없었던 것이다.

"꺾고 굴복시킬 이들이 있어야 하는 법이지."

"사, 살려, 살려주십……."

옆쪽에 있는 남자는 이제 입도 열지 못한 채, 바닥에 쓰러져 꿈틀거리기만 할 뿐이다. 목이 관통당했으니 얼마 안 가 죽고 말 것이다.

남자는 가만히 그 말을 듣다 손가락을 들어 올렸다.

"하지만 성가신 자가 있다는 건 귀찮은 일이야."

피웃!

무언가가 쏘아지는 소리.

그와 동시에 머리를 관통당했다.

쓰러진 자가 퍼덕거리다 숨이 끊어지자, 그를 밟은 남자의 눈이 희미하게 일렁였다.

"주변의 '눈'들을 더 움직이게 해라."

"존명!"

흑의인들 서넛이 옆으로 사라진다. 그는 가만히 그 광경을 지켜보다 발을 치웠다.

남자는 땅에 신발을 비벼 피를 닦아낸 뒤, 천천히 손을 들어 올렸다.

"시천마의 비밀을 알아내는 건."

노란빛이 손가락을 타고 엉긴다.

선양지.

일찍이 그리 불렀던 무공의 이름이었다. 한때는 사장되었지만 만박자 척위현이 발굴해 내 자신에게 적용시킴으로써 천하제일의 무공이 된 지법(指法)이기도 했다.

"천하오절의 힘을 물려받는 자가 되어야겠지."

천하오절 중 만박자의 전승자.

곡원삭은 비릿한 웃음을 지으며 그리 중얼거렸다.

*　　　　*　　　　*

"흠……."

소하는 눈을 껌벅이며 인상을 찡그렸다.

비원동이라 이름 붙은 책자에 온 정신을 집중한 지도 어느덧 꽤나 시간이 지났다. 그러나 안의 내용은 도통 알아먹기 어려울 뿐만 아니라, 일반적인 읽기조차 제대로 할 수 없는 상황이었다.

'내가 모자란 게 아니지?'

순간 어릴 적 아버지에게 글을 배웠던 때를 떠올려 보았던 소하였지만, 그렇게나 따라가지 못했던 기억은 없었다. 그냥 이 글이 제대로 써 있지 않은 것이리라.

소하는 문맥을 잠시 살펴보다 한숨을 내뱉었다.

지금 비원동의 책자는 그냥 수백 개의 글자를 하나로 합쳐 놓은 것에 지나지 않았다. 대체 이 안에 무엇이 있기에 구 노인은 이것을 감춰두었던 것일까?

구재령이 답을 안다면 물어보고라도 싶었지만, 환히 웃으며 마른 빨래를 휙휙 쳐대는 그의 모습을 보건대 어려울 일일 것이다.

"무중(霧中), 기원(祈願)이라."

가장 먼저 보이는 것은 바로 그러한 단어였다. 안개 속에서 대체 무엇을 빌라는 것인가.

소하는 탄식이 토해질 것만 같았지만 일단은 마음을 부여잡았다.

구 노인과 관련되었고, 무엇보다 천하오절의 시천마와 연관된 장소가 바로 여기인 것이다.

철무는 그에게 비원동으로 가보라고 말했다. 아마도 '그들'이 원했던 것이 바로 거기에 있지 않겠냐면서 말이다.

'할아버지들이 원했던 것이라……'

소하는 무림에 나오기 싫었다. 그저 철옥을 떠나 가족들을 보고, 평화롭게 지내는 것이 가장 큰 꿈이었었다.

노인들을 만났을 때, 소하는 그 소원을 이루기 위해서는 강한 힘이 필요하다는 것을 배웠다. 무참히 죽어간 영보의 잘린 손을 보았을 때, 힘이 있는 자들이 너무나도 잔인하게 사람을 농락할 수 있다는 사실을 알았다.

그러나 지금은?

소하는 자신의 손을 바라보았다.

그는 분명 강해졌다. 뭇 사람들이 두려워하는 서장의 무인 역시도 꺾었고, 심지어 죽이기까지 했다.

사람을 죽인 손.

애써 아무렇지 않게 넘겨보려 했지만 그것은 분명 큰 무게를 지니고 있었다. 소하는 내심 자신의 경계심이 늘어났던 것 역시도 그와 관계가 있으리라 생각이 들었다.

사람을 죽일 수 있다는 걸 알게 되자, 그 힘이 누군가를 원치 않게 다치게 할 수 있어 염려되었던 것이다.

천양진기를 실은 주먹은 사람의 머리를 터뜨려 버릴 수 있다. 발길질 한 번으로 육체를 붕괴시킬 수 있다. 그렇기에 더욱더 자신을 조심해야 하는 것이다.

이전에 현 노인은 그것을 늘 주의하라 말했다.

"힘에 먹혀 버리지 말거라."

자신의 힘을 과신한 이가 걷게 되는 첫 번째 관문이라고 했다. 이제까지 무림에서 그러한 이들을 많이 봐왔던 소하는 새삼 자신의 힘에 두려움이 일 정도였다.

'나는 뭘 하고 싶은 것일까.'

자신에게 물어보아도 답은 없다. 그저 노인들의 궤적을 좇아 이곳까지 왔다. 그러나 소하는 비원동이라는 단서에 다가가면 다가갈수록 자신이 뭔가 달라져만 간다는 생각이 들었다.

벽의 구석에 세워진 굉명과 연원이 눈에 들어온다. 우검좌도, 어느덧 소하는 그런 모습의 자신이 점차 익숙해지고 있었다.

'일단은 천원산으로 가볼까.'

그곳을 지키는 자들이 있다는 건 이미 확인했다. 누군지는 몰라도, 아마 천원산에 비원동이 있다는 사실을 알고 있는 것이 아닐까.

안개가 있기에 비밀리에 오르는 것은 어렵지 않을 것이다. 그들도 그렇기에 입구만을 지키고 있던 것이겠고…….

소하는 판단을 마치자 자리에서 일어섰다.

"전 그럼 나갔다 올게요."

"어디? 시장 가?"

구재령이 눈을 반짝였다. 그는 시장을 상당히 좋아하는지 밤부터 소하에게 아침이 밝으면 시장을 가자고 난리를 피웠던 것이다.

"딴 데긴 한데… 다녀오면 시장에 가죠."

"나 신발 사고 싶어!"

소하는 문득 눈을 내려 보았다. 그러고 보니 구재령의 신발은 다 닳아 발가락이 삐죽 나와 있는 모습이었다.

애초에 좋은 가죽으로 만든 것도 아닌 데다 그렇게 산길을 뛰어다녔으니 다 벗겨지고 망가지는 게 당연했다.

잠시 자신의 노잣돈을 확인해 본 소하는 이내 고개를 끄덕이며 웃었다.

"네. 갔다 오면 같이 나가요."

"신난다!"

구재령은 이내 박수를 짝짝 치며 빨랫줄을 퉁기고 있었다. 그 덕에 빨래가 몽땅 흙으로 나뒹굴었지만, 소하는 픽 웃음을 지을 수밖에 없었다. 왠지 그와 있으면, 과거 구 노인과 함께 놀던 기억이 떠올랐다.

멀리서 손을 흔들며 배웅해 주는 구재령에게 마주 손을 흔들어 준 소하는 이내 산길을 따라 천천히 아래로 내려왔다.

길을 더듬어보니 천원산과 여기는 얼마 걸리지 않는 곳인 듯싶었다. 어제는 소하와 구재령이 길로 달리지 않고 산을 타넘는 식으로 서로를 쫓았기에 오래 걸린 것이었다.

안개는 아직도 눈앞을 메우고 있다.

소하는 잠시 그 축축한 공기를 느끼다 앞으로 걸음을 옮겼다.

천원산까지 마음만 먹으면 금방이다. 하지만 조금 더 시간을 여유롭게 가지기로 마음먹었다.

'일단 그 책자의 내용도 신경 쓰이고.'

소하는 그러는 동안 마을에 들러 여주인을 포함해 다른 사람들 몇 명을 만났다.

"이것도 맡길 수 있을까요?"

소하는 구재령의 밥값을 대신 치러주었다.

"아니, 이건……."

그녀는 생판 남인 소하가 갑작스레 돈을 건네주는 것에 당황했지만, 이내 배시시 웃으며 고개를 끄덕였다.

"고마워, 청년. 나중에 그 바보 녀석 오면 아주 배부르게 먹여줄게."

노잣돈을 쓰는 게 아깝지 않았다.

소하는 그녀를 포함해 몇 명의 마을 주민과 인사를 나눈 뒤, 그곳을 나서 천원산으로 향했다.

어느덧 조금 시간이 흘렀다. 점심도 든든히 먹었고 하니, 이제 빠르게 움직여야만 할 때였다.

소하는 앞으로 도약했고, 섬광처럼 안개를 가르며 달리기 시작했다.

'무중에 기원하라.'

아직도 그 책자의 첫머리가 기억에 남는다.

무중이란 아마 천원산을 뜻하는 말일 것이고, 기원이란 대체 무슨 말인가?

거기서 간절히 무언가를 바라야 한다는 말일까?

소하는 이해하기 힘든 일이었다.

어마어마한 속도로 달리던 소하는 이윽고 길이 갈라지는 곳에서 걸음을 틀었다.

천원산의 입구에 다가온 것이다.

'여기서는……'

소하는 걸음을 멈췄다. 온몸에서 노란 기운이 번져 나가며 서서히 연기가 오르고 있었다. 갑작스레 천양진기의 기운을 쏟아내자 소하는 마치 작은 불꽃처럼 변해 있던 터였다.

천천히 자세를 낮춘 그는 눈을 들어 주변을 관찰했다. 일단 육안에 비치는 자는 없다. 그리고 소하의 몸을 은은한 노란빛이 채우기 시작했다. 천양진기로 육체를 강화시킨 것이다.

오감(五感)이 더욱더 증폭되자 곧 주변의 그림이 그려지기 시작한다. 소하는 눈을 감은 채 천천히 사방을 머릿속에서 그려보았다.

'셋.'

꽤나 은신술이 뛰어난지 먼 곳에 있는 이들은 잡아낼 수 없지만, 이전에 보았던 흑의인들 셋을 감지할 수 있었다.

'은신한 사람을 전부 알아낼 수는 없겠네.'

그리 판단한 소하는 그들이 없는 방향으로 천천히 걸음을 향했다. 우선 상대적으로 감시가 약한 방향을 찾아보려는 것이다.

그리고 천천히 산을 돌기 시작한 소하는 이전에 자신이 걸었던 길로 들어서 느릿하게 주변을 감시하기 시작했다.

등에 찬 굉명과 허리의 연원은 언제라도 뽑아 들 준비가 되어 있다.

그리고 멀리서 인영이 어른거린다.

소하는 가볍게 허리의 칼자루에 손을 얹으며 걸음을 옮겼다. 서서히 그 인영은 소하에게로 가까워지고 있던 참이다.

등에 뭔가를 짊어진 채, 주변을 이리저리 둘러보며 걸음을 옮기고 있는 자다.

그리고 그자 역시 소하를 발견했는지 순간 으악 소리를 질렀다.

"자, 잠깐만 기다리십시오, 나으리!"

그는 그리 외치며 다급히 앞으로 걸어오기 시작했다.

"저는 그냥 행상입니다! 절대 무림과 연관된 자가 아닙니다! 살려주십쇼! 그냥, 그냥 이 쌀을 옮기러 온 겁니다요!"

혀가 꼬일 정도로 빠르게 말을 해대던 그는, 이내 자신의 눈앞에 소하가 보이자 순간 아연한 표정을 지었다. 그러나 그의 등에 있는 굉명을 보고는 다시 창백한 얼굴이 되어가고 있었다.

"주, 죽이지 말아주십시오… 제게 아이가 있습니다요."

"네?"

소하는 고개를 갸웃거렸다.

"그럴 마음 없어요."

"무, 무림인 아니십니까?"

"그건, 그런데……."

문득 두석의 말이 떠오른 소하였다. 어설프게 웃은 그는 손을 들어 올리며 공격할 의사가 없다는 뜻을 보였다. 그러자 겨우 행상은 안심했는지 땅이 꺼져라 한숨을 쉬고 있었다.

"그렇다면 다행이지만… 제가 좀 호들갑을 떨었던 건 용서해 주십쇼. 워낙 이번에 안 좋은 일이 있었어서……."

"이곳에 있는 사람들 때문인가요?"

"예. 무서운 무림 분들이 많으시죠."

행상인은 혹시 어디에선가 자신을 감시하고 있을까 염려가 되는지 정신없이 주변을 둘러보고 있었다.

그는 그리고 쌀더미를 들어 천천히 아래쪽에 내려놓기 시작했다. 아마도 그가 두석이 말한, 항상 쌀을 옮겨놓는 이였나 보다.

"저는 아무 관계가 없습니다요. 그냥 이걸 옮겨놓으란 말만……."

"누가 부탁한 거죠?"

"이, 이 근방 마을에 사는 구(求) 가 사람을 도와주라고 하더군요."

소하가 연관이 있는 자일까 염려했는지, 그는 잔뜩 사색이 된 표정이었다.

"하지만 전 관계없습니다. 그저 돈을 주니까 하는 일일 뿐이지……."

누군가 구재령을 도와달라고 했다.

소하는 그게 누구인지 얼추 짐작할 수 있었다. 아마도 구 노인이 떠나가면서 동생 구재령을 위해 곡식을 마련해 준 것이리라.

소하는 그걸 떠올리자 살짝 웃음이 감돌았다. 돈을 그냥 삼키고 도망칠 수도 있었을 텐데 그는 수십 년이 지난 지금까지 계속해서 구재령에게 쌀을 전달해 주고 있었단 이야기가 아니던가.

"저쪽은 좀 위험해요."

그렇기에 그가 흑의인들에게 다치는 것을 보고 싶지는 않았다.

소하가 그리 말하자, 남자는 정신없이 고개를 끄덕여댔다.

"예, 예. 알고 있습니다. 안 그래도……."

그러나.

"어제 친구 하나도 이 근방을 지나다 그만……."

행상에게서 들려온 말을 들은 순간, 소하의 표정은 차갑게

식어버릴 수밖에 없었다.

"죽은 참입니다."

소하는 이해할 수 없는 말을 들은 기분이었다.

어제 이곳을 지나던 행상, 자연스레 두석의 얼굴이 떠오를 수밖에 없었던 것이다.

"요즘 천원산 근처에 또 무림인들이 잔뜩 돌아다니고 있다던데… 아마 그 작자들이 한 짓이겠죠."

행상 일을 하는 자는 오래 살기 어렵다.

무림에서는 널리 퍼진 말이기도 했다. 사람 목숨이 너무나도 가벼운 무림에서 그들은 늘 좋은 먹잇감이 되었던 것이다.

"가족들을 먹여 살리겠다고 나서더니만……."

남자는 우울한 표정으로 고개를 숙이고 있었다.

머리가 아프다.

소하는 인상을 찌푸리며 몸을 휘청였다.

"혀, 협객 분께서도 조심하십시오. 아까도 엄청 많은 사람이 우르르 저리로 몰려가던데."

소하는 눈을 들었다.

"저쪽이라면……."

"다 시꺼먼 옷을 입었는데 무서워 죽는 줄 알았습니다요."

소하가 온 방향이다.

두석은 소하와 함께 잠시 동안 움직였던 이였다. 죽을 뻔했지만 소하의 참여로 그는 목숨을 건질 수 있었다.

그러나 두석이 이후 쫓아온 자에게 살해당했다?

'누군가 나를 미행했다면?'

소하의 등줄기에 서늘함이 달렸다.

천원산을 바라보던 눈은, 이내 긴급히 뒤쪽으로 향한다.

"여기서 피해 있으세요."

"그, 그러겠습니다요!"

동시에 남자는 자신의 앞머리가 주체할 수 없이 흔들리는 것을 느꼈다. 소하가 질풍처럼 달려가 버린 탓이다.

그는 멍하니 점이 되어 멀어져 가는 소하를 바라보다 헛웃음을 흘렸다.

"저게, 무림인인가……?"

도저히 자신과 같은 사람이라 볼 수 없었다.

*   *   *

뛴다.

소하는 아까보다도 빨랐다. 길을 단숨에 주파하며 정신없이 앞으로 달리고 있었다.

'그 검은 옷을 입은 자들.'

그들의 은신은 상낭하다. 가까이 다가오지 않았을 때 소하마저 판단하기 어려울 성도로 정교했다. 분명 그러한 훈련을 오래 받은 집단임이 분명하겠지.

소하의 머릿속에 물컹거리는 생각들이 흘렀다.

그들이 만약 소하의 무공을 보고 그를 주시했다면?

천원산에 있는 비원동을 탐내는 이들이 소하를 좋게 볼 리 만무했다.

답답함이 계속될수록 발은 더 빨라진다.

그리고 마침내 마을에 도달했을 때 소하는 쑥대밭이 된 가게를 보았다.

몇 명의 몸이 쓰러져 있다. 이미 싸늘한 시체가 되어 있는 터였다.

그곳에 여주인의 텅 빈 동공이 자리하고 있는 것을 본 소하는 마치 시간이 느려지는 것만 같았다. 모조리 목이 베여 있다. 무공을 알지도 못하는 일반인들을 잔혹하게 살해해 버린 것이다.

발이 움직였다.

구재령이 있는 곳으로 향하고 있는 것이다.

그와 동시에 소하의 오감에 여러 인기척이 잡혀들었다.

뿌드득!

이를 악무는 소리.

소하는 눈앞에 있는 흑의인을 보았다. 그는 앞쪽을 감시하던 중 소하를 보고 당황했는지 다급히 허리로 손을 뻗고 있었다.

그러나.

소하의 주먹이 그의 얼굴을 함몰시켰다.

꽈아아아아앙!

단숨에 종잇장처럼 날아가는 그가 창고 문을 뚫고 무너뜨린다.

소하는 거친 숨을 내뱉었다.

앞이 보인다.

안쪽의 마당에는 열 명이 넘는 흑의인들이 서 있었다.

"뭐지?"

차가운 목소리가 흘렀다.

흑의인 한 명은 날카로운 갈퀴를 손에 맨 채로 소하를 노려보았다.

"죽고 싶은 놈이 하나 더 왔군."

그러나 소하는 대꾸하지 않았다.

두 눈은 황망하게 치떠진다. 발이 움직이는 속도가 너무나도 느리게 느껴질 정도였다.

마당에는 가쁜 숨을 내쉬고 있는 구재령이 있었다.

두 다리가 없다.

종아리 아래로 싹둑 잘린 다리에서는 붉은 핏물만이 하염없이 흘러 땅을 적실 뿐이었다.

"마침 잘됐어."

눈짓을 한 흑의인은 천천히 피로 물는 갈퀴를 털었다.

"이 모자란 놈이 입을 안 열어서 곤란했는데."

그는 킥킥 웃고 있었다.

"알아서 와주다니."

"아직……."

"음?"

소하는 멍하니 구재령을 바라보며 중얼거렸다.

"아직… 살아 있다면."

눈앞이 모조리 일그러지는 것만 같았다.

이 감정을 소하는 무어라고 불러야 할지 알지 못했다.

"이대로… 이대로 끝낼……."

"병신 같은 놈이로군."

그는 고개를 흔들었다. 갈퀴에 걸린 핏물이 뚝뚝 떨어져 땅을 적시고 있었다.

"내 사혈조(死血爪)가 내장까지 들어냈다. 곧 너도 그렇게 되겠지."

구재령은 핏물에 젖은 채 헐떡거리며 바들바들 떨 뿐이었다.

잠시 소하의 상태를 지켜보던 흑의인 한 명이 앞을 가로막으며 나섰다.

"죽으려 들지 마라, 꼬마."

소하는 아직 어리다.

그는 소하가 상상을 초월한 장면에 넋을 잃은 것이라 판단했다.

"비원동의 위치를 말하면 너는 살려주지."

그것에 다른 흑의인들은 비릿한 웃음을 지었다. 그는 그러한 말로 남을 꾀어, 더더욱 비참하게 상대를 죽여왔던 자였기 때문이다.

"비원동……."

"그렇다."

곧 갈퀴를 가진 무인이 비꼬듯 말을 이었다.

"이 머저리는 뭐가 그리 소중한지 말을 안 하지 뭐냐."

소하의 감각이 뒤로 뛰어 사라져 가는 세 명을 감지했다.

하지만 그것은 중요하지 않았다.

흑의인은 소하가 겁에 질렸음을 확신하고는 최대한 자애롭게 말을 이으려 했다. 그가 자신을 믿으며 안도할 때, 단숨에 베어버리기 위해서였다.

"그러니 어서 이야기해라. 그러면 너만은 살려……."

푸확!

순간 소하의 굉명이 뽑혀져 나오며 허공을 내려쳤다.

그리고 베이는 소리가 났다.

몸이 세로로 잘려 나가는 흑의인의 모습.

그가 땅으로 엎어지는 순간, 모든 흑의인이 무기를 뽑아 들었다.

"뭐, 뭐야!"

"이놈!"

소하는 손을 바르르 떨었다.

"너희는."

두 눈이 눈물로 젖어들었다.

소하는 이제야 이 감정을 알 수 있었다.

이건 분노였다.

사람을 죽이고 싶다는 살의(殺意)였다.

"너희는… 사람이 아니야."

그와 동시에 소하의 몸에서 천양진기의 기운이 번개처럼
쏟아져 나갔다.

第二章
분노

일격.

한 명의 몸이 반으로 쪼개지며 허공을 날았다.

비명조차 지르지 못했다.

"잠, 잠깐⋯⋯!"

눈부셨다.

눈조차 제대로 뜰 수 없는 섬광 속에서 도신이 내려쳐지고 있었다.

콰자자작!

목뼈가 부러지며 그대로 찢어진다. 사람의 몸이 마치 고깃 덩이를 옆으로 잡아당긴 것처럼 칼에 맞아 무너지고 있었다.

소하의 입에서 고함이 터져 나왔다.

동시에 쏟아져 나간 내공은 한 명의 가슴을 그대로 함몰시키며 뒤로 날려 보냈다.

쏴카가가각!

칼 세 개가 굉명을 만나는 순간 모조리 부러진다.

그와 동시에 이는 번개 소리.

세 명의 몸이 피범벅이 된 채로 쓰러졌다.

갈퀴를 낀 흑의인이 고함을 내질렀다. 그와 동시에 허공으로 일곱 명의 그림자가 내걸리고 있었다.

굉천도법.

소하는 그중 천장우를 펼쳐냈다.

처음으로 누군가를 죽일 마음으로 펼친 무공이다.

그것은 그와 동시에 거대한 폭풍이 되어 일곱을 감쌌다.

사람의 살이 베어지는 소리가 이리도 요란했던가?

소하의 온몸에 피 비가 내린다. 그는 붉게 젖은 채로 일곱을 단칼에 도륙해 버린 뒤, 서서히 앞으로 걸음을 옮기고 있었다.

갈퀴를 낀 무인은 저도 모르게 뒤를 돌아보았다.

아무도 없다.

어느새 열 이성이 죽고, 자신만이 남은 것이다.

"자, 잠깐. 기다려라."

그는 도망쳐야만 했다.

스걱!

그러나 소하는 기다리지 않았다.

단숨에 종아리를 잘라내는 도격.

그는 비명을 지르며 땅으로 쓰러져 내렸다.

"아, 아아아악!"

저자는 분명 아픔을 알고 있었을 것이다.

칼로 베면 아프다는 것.

누군가를 쉽사리 죽일 수 있다는 것도 알았으리라.

그런데도 어째서 이들은 남을 이리도 상처 입히는 것인가.

소하는 으드득 이를 악물었다. 입을 벌리면, 그 처참할 정도로 쌓여온 감정들이 전부 새어 나갈 것만 같았다.

"아, 아으아아아아악!"

남자는 비명을 내질렀다.

"사, 살려, 살려……."

소하는 듣지 않았다.

푸욱!

굉명의 끝이 그의 가슴을 내리 찔렀고, 복면 아래로 절망 어린 표정을 짓던 그는 울컥 입에서 핏물을 토해내며 꿈틀거리기 시작했다. 육체가 서서히 죽어가는 탓이다.

그런 그를 무시한 채, 소하는 굉명을 뽑아내며 몸을 돌렸다.

구재령의 숨이 점차 약해지고 있었다.

구할 수 없다.

배에 뻥 뚫린 구멍에서는 괴사한 내장들이 흘러나와 있었고, 잘린 두 다리에서 흐르는 핏물 역시 서서히 한계를 보이고 있었다.

입이 열리지 않는다.

그들은 아마도 구재령과 소하의 연관점을 찾아 그를 고문했을 것이다.

말하면 됐다.

쫓기는 것은 소하면 충분했다.

그런데 구재령은 아무 말도 하지 않은 모양이었다. 그들의 칼날이 자신의 두 다리를 찢고, 배를 훑어내릴 때까지도 말이다.

"아, 으……."

떨리는 목소리만이 흐른다.

소하는 망연히 그 모습을 보고 있을 뿐이었다.

"미… 안……."

왜 그가 사과하는가?

소하는 그 말을 듣는 순간 머리끝까지 화가 치솟는 기분이었다. 하지만 이 감정은 단순한 것이 아니다. 슬픔, 고통과 뒤섞여 제멋대로 소하의 머릿속을 덧칠하고 있었다.

그는 몸이 너덜너덜해질 때까지 비밀을 지켰다.

"죄송해요."

그저 하염없이 그리 말할 수밖에 없었다. 소하는 덜덜 떨리는 손으로 그를 붙잡았다. 서서히 차가워지는 구재령의 손. 어제까지만 해도 소하를 잡고는 해맑은 미소를 짓던 그였다.

"죄송해요."

구재령은 그러나 소하를 마주 보고 있었다.

이미 반쯤 흐릿해진 그 눈은 소하를 똑똑히 바라보고 있었다.

"형……."

숨이 막힌다.

구재령은 달싹이는 입술을 들어 가쁜 숨을 토해냈다.

"형, 보고 싶……."

그게 다였다.

소하는 아무 말도 할 수 없었다. 눈도 감지 못한 채 숨이 끊어지는 구재령을 그저 황망히 바라보는 것이 전부였다.

남은 것은 끓어 넘칠 듯한 욕지기뿐이다.

"무림은 싸움의 공간이다."

마 노인은 그리 말했었다. 너무 손속이 과하다고 현 노인이 쯔쯔 혀를 차자, 그는 가볍게 목도로 어깨를 두드리며 고개를 저었다.

어린 소하에게 있어 그 점을 확실히 알려줘야만 한다고 말했었다.

"힘에 먹힌 병신들이 많지. 그놈들은 사람을 죽이는 게 힘이라고 생각하는 머저리들이다."

척 노인도 그리 말했었다.

그것이 무림이다.

겨우 다문 입에서 뜨거운 신음이 토해져 나온다.

소하는 꽈악 쥔 주먹을 가까스로 자신의 가슴에 가져다 댈 수 있었다.

피로 젖은 손.

그의 온몸은 흑의인들의 피로 뜨겁게 젖어 있었다.

들어 올린 눈이 어둡게 번쩍이고 있었다.

       *   *   *

"흠."

흑의인 하나는 한숨을 내쉬었다.

그는 곡원삭에게 충성을 맹세한 조직 흑연(黑煙)에 들어온 지 여러 해가 지난 이였지만, 이처럼 맥빠지는 명령을 들어본 적은 한 번도 없었다.

"안개가 낀 산을 감시만 하라니… 재미없군."

"이위(已爲). 주인의 말을 마음대로 판단하지 마라."

날카로운 목소리가 뒤이었다.

그는 픽 웃음을 짓더니만 가볍게 자신의 소매를 흔들었다. 안에 부속된 암기들이 카라락 소리를 내며 유려하게 움직이고 있었다.

"죽일 만한 놈이 없으니 그렇지. 저번에 본 애송이를 확실히 죽였어야 하는데."

"무림에서는 절대 겉모습으로 사람을 판단하지 않는다."

소하의 이야기를 하고 있는 것이다. 그에게 첫 번째로 주먹을 얻어맞았던 것이 바로 이위였다. 당장에라도 소하를 쫓아 죽여 버리고 싶었지만, 흑연의 조장에게 억제를 당한 탓에 잔뜩 심통이 나 있었던 것이다.

"그런 놈을 내버려 두면 주인도 위험한 게 아닌가?"

"그분은 만박자의 후계이시다. 적수는 없지."

천하오절 중에서도 시천마를 제외하면 천하제일이라 불렸던 만박자 척위현이다.

그런 그의 무공을 이은 곡원삭은 사실상 현재 무림제일의 자리를 노릴 수 있는 자가 아니겠냐며 무림의 모두가 그를 경원시하고 있었다.

"허, 참. 좋은 배경을 타고난 게 복이구만."

"자꾸 입을 헛되이 놀리는군."

목소리가 차가워진다.

이위는 그것에 픽 웃으며 어깨를 흔들어댈 뿐이었다.

그런데.

"마침 잘 됐군. 이위."

앞을 감시하던 자가 조용히 중얼거렸다.

"응?"

"객(客)이 왔다."

그의 목소리와 함께 세 명의 몸이 안개 속으로 녹아들었다. 서서히 은신하기 시작한 것이다.

이위는 내심 혀를 찰 수밖에 없었다.

갑작스레 이 천원산의 입구로 온 불청객은 겁도 없이 당당하게 입구로 오르는 중이었던 것이다.

'건방진 놈이군.'

단칼에 죽여 버리기로 마음먹었다.

이전에 온 자들은 너무 약해 빠진 데다 마침 곡원삭이 내려오는 길이었기에 그들을 놓아줄 수밖에 없었던 것이다.

일단 두 다리를 벤 뒤 영문을 모르는 그의 얼굴을 내려찍을 생각을 한 이위는 천천히 안개 속에서 걸음을 옮겼다.

'잘 가라!'

단숨에 반월이 그려진다.

인영은 자신이 온 것도 알아채지 못할 것이 분명했다.

그러나.

턱!

이위는 자신의 팔을 잡아채는 손을 보았다.

우지지직!

단숨에 부순다.

팔꿈치가 부서지는 소리, 살아오며 단 한 번도 들어보지 못했던 기이한 음색이었다.

비명을 지르고 싶었지만, 그는 소리를 꾹 참으며 밀어 넣었다. 이런 상황에서 소리를 지르는 건 용납할 수 없었던 것이다.

그와 동시에 다른 흑의인 하나가 허공을 난다. 이위가 위험한 것에 그를 보조하려 움직인 것이다.

그러나 그 역시 안개를 자르고 날아온 칼날에 맞아 날아갈 수밖에 없었다.

꽈라라라랑!

안개를 울리는 소리가 일었다.

핏덩이가 된 흑의인이 땅을 구른다.

모두의 눈살이 복면 안에서 찌푸려졌다.

지금 자신들의 앞에서 벌어진 일을 쉽사리 믿을 수 없었기 때문이었다.

하얀 안개 속을 걸어 나오는 것은 아직 소년의 티를 벗지 않은 청년이었다.

"알아서 와주니."

굉명에서 연기가 피어오른다.

"잘 됐어."

소하는 조용히 앞을 주시하고 있었다.

"저, 저놈!"

이위의 입에서 고함이 터져 나왔다. 소하의 모습을 알아본 것이다.

그와 동시에 뒤쪽의 흑의인들은 양쪽으로 갈라졌다. 이위는 이미 오른팔이 망가진 상태이기에 자신들이 소하를 붙잡아야 했던 것이다.

"고수다!"

흑의인들 역시 소하의 무력을 직감하고 있었다. 한칼에 방어를 취하던 이를 날려 버렸고, 이위가 소하의 접근을 눈치채기 전에 그의 팔을 부러뜨렸다.

흑의인들이 모두 무기를 꺼내 들었다.

이렇게 된 이상 적이 누군지 확인하는 것보다는 죽이는 게 우선이었다.

"왜."

소하의 목소리는 잔뜩 가라앉아 있었고 두 눈은 노란빛을 뻗어내고 있었다.

"왜 죽인 거지?"

소하는 구재령을 묻은 뒤 근처의 흔적들을 보았다.

거기서 그가 어떻게 죽었는지 알 수 있었다.

구재령은 갑작스러운 습격자들에 놀라 피를 흘리며 도망

쳤다.

하지만 내공이 없는 구재령이 내공을 가진 이들을 따돌리기란 어려운 일이다. 천영군림보로 어떻게든 피해내고 있었지만, 어디선가 날아온 공격이 그의 양 허벅지를 관통했다.

그러나 구재령은 쓰러지지 않았다. 심지어 길가에 점점이 핏물이 뿌려지는 상황에서도 필사적으로 도망쳤지만, 결국 그들을 피할 수 없었다.

적은 그의 다리를 잘라 도망치지 못하게 했고, 비원동에 관한 일을 말하지 않자 칼을 내려쳤다.

흑의인은 소하를 노려보았다.

"이곳에서 죽은 자는 헤아릴 수 없다."

곡원삭의 명으로 그들은 수많은 이를 죽였다. 구재령 역시 예외일 수 없었다.

"무림인이… 아니었는데."

구재령은 무림과 연관된 자가 아니다. 그저 구 노인의 부탁을 받아, 이곳에서 형을 기다리며 평화롭게 살아가던 이였을 뿐이다.

"그건 이유가 되지 않는다."

말을 하면서도 뜨끔뜨끔한 기운이 피부를 찌른다.

흑의인의 관자놀이를 타고 땀이 흘러내렸다.

평소 칼날 위를 걷는다 자부했던 자신이거늘 소하의 두 눈을 마주하자 이상하게 등골이 서늘해져 오고 있었다.

흑의인은 자신 있게 내뱉으려던 말을 힘겹게 토해낼 수밖에 없었다.

"주인의 명을 거역하는 자는… 모두 죽는 법."

그리고 주변을 보던 이위의 입가에 은은한 미소가 감돌았다.

"그 모자란 놈 이야기를 하는 건가."

흑의인이 다급히 눈을 돌렸다. 그곳에는 이죽거리는 표정을 하고 있는 이위가 있었다.

"너 역시 똑같이 만들어주지, 건방진 놈."

아픔에 식은땀을 줄줄 흘리면서도 그는 소하를 노려보고 있었다.

주변에 서서히 검은 그림자들이 많아지기 시작한다.

흑연의 다른 조직원들이 신호를 받고 모여든 것이다. 그들은 하나하나가 실력을 갖춘 고수들로 이루어진 집단이다. 그렇기에 이들은 곡원삭의 검이라고 평가받으며 천회맹에서도 경외시되는 존재였다.

"감히 주제를 모르고……."

"죽는 건."

소하의 목소리가 일순 오한에 감겨들었다.

천천히 굉명을 쥔 손을 허공으로 향한다.

짜르르르룽!

번개가 쳤다.

소하는 온몸에 천양진기를 두른 채, 서서히 굉명을 옆으로 내리고 있었다.

"너희가 먼저야."

그 순간 돌풍이 일었다.

소하의 몸이 돌진한다.

그리고 그 순간, 소하는 마치 한 줄기 섬광이 되어 안개를 가르고 있었다.

가죽이 터지는 소리.

흑의인 한 명은, 소하의 움직임을 보지도 못했다. 그저 비명을 지르며 튕겨 나갔을 뿐이다.

'빠르다!'

흑의인은 인상을 찡그렸다. 그야말로 섬전이라 할 수 있을 것이다. 게다가 소하는 동시에 전신에서 태양 같은 기운을 방출하고 있었다.

"방연호환진(防煙護渙陳)을 펼쳐라!"

흑의인은 소하를 자신들보다 강한 이로 결론 내렸다.

방연호환진이란 무릇 강자를 상대할 때 효과적으로 그들의 힘을 뺄 수 있도록 흑연에서 만들어낸 진법이었다.

하지만 소하의 두 눈이 번득인다.

콰과과과광!

동시에 지반이 폭발했다.

먼지가 솟구치며 안개 속에서 진흙덩이가 쏟아지고 있었다.

"크아아악!"

다리가 날아간 자가 찢어지는 비명을 질렀다. 굉명에 닿는 순간, 허벅지가 분해되어 버린 것이다.

"진법을……!"

소하는 그들이 모여드는 것을 지켜보지 않았다. 동시에 달려들어 진법이 가장 약한 자리를 타격해 버린 것이다. 이전, 선무린이 택한 방법과 같이 내공으로 공간 자체를 날려 버렸다.

굉명이 울부짖는다.

동시에 허공에서 날카로운 참격이 날아들어 흑의인 둘을 베어버리고 있었다.

투콱!

두 명의 몸이 마구 구겨지며 땅을 구른다. 흑의인은 멍하니 앞을 바라볼 수밖에 없었다.

'뭐냐! 이 괴물은!'

이런 게 갑자기 어디서 나타났다는 말인가!

그러나 소하는 아무 답도 해주지 않았다. 그저 조용히 적들을 향해 걸어가고 있을 뿐이었다.

발걸음 소리가 커질수록 모두의 등골에 서늘한 기운이 맴돌고 있었다.

쿠우웅!

둔탁한 소리와 함께 꿈틀거리며 움직이려던 한 명의 흑의인이 땅으로 처박혔다.

마치 모두를 보고 있는 듯하다.

"끄, 끄으윽……!"

일격을 받아낸 이위는 구역질이 솟구쳐 고개를 땅에 박은 채 헐떡이고 있었다.

소하의 일격을 막기는 했지만 전신의 내장이 상해 버린 듯 피가 비어져 나오고 있었다.

"이런 망할……."

안개는 소하의 모습을 전부 비추지 않는다.

그저 온몸에서 뿜어져 나오는 천양진기의 기운만이 소하를 구별하게 할 수 있을 뿐이다.

'이길 수 없다.'

도합 사십이 넘는 흑연을 이끌고 있던 흑연의 조장 회운(灰運)은 그리 결론 내렸다. 자신을 포함한 대부분이 단칼에 무력화되어 버린 터였다.

상상을 뛰어넘는 그 초상승의 무위에 회운은 문득 불안해지기 시작했다.

'이놈이 주인을 노린다면!'

그는 이를 꽉 악물었다.

"막아라!"

죽이라는 말이 아니다.

그 말은 흑연을 모두 희생시키는 일이 있더라도 소하를 곡원삭에게 접근시키지 말라는 이야기였다.

그러나 일순간 광채가 일었다.

콰아아아아아!

소하의 굉명에서 뿜어져 나간 도격은 어마어마한 내공을 싣고는 앞에 있는 이들을 유린했다.

흑의인들은 비명도 지르지 못했다.

이미 초인의 영역에 달한 소하는 그들이 손가락조차 댈 수 없는 상황이었던 것이다.

회운의 머릿속이 복잡해졌다. 벌써 반수 이상이 죽었다. 남은 이들로 진법을 펼친다 해도 소하를 잡을 수 있을지 염려스러운 터였다.

다가온다.

점차 작은 불꽃처럼 빛나고 있는 소하는 회운에게로 걸음을 옮기고 있었다.

저자가 지휘하고 있다.

소하는 그리 판단을 내린 순간, 회운을 잡아야 한다고 마음먹었다.

두 명의 흑의인이 날카로운 칼날을 빛내며 파고들었지만 소하는 손을 들어 그것을 잡아 비틀었다.

끼기기기긱!

칼이 사람의 손에 구겨지는 광경은 흔히 볼 수 있는 게 아니다. 흑의인의 눈이 경악에 물드는 순간, 그는 자신의 칼자루에서 느껴지는 뜨거운 기운에 비명을 질러야만 했다.

"으아아악!"

손이 파열한다. 소하의 내공이 칼을 타고 전도된 탓이다.

극양기의 힘에 그는 비명을 지르며 칼을 놓았지만, 이미 오른팔은 어깻죽지까지 파열해 붉은 핏덩이가 되어 있는 상태였다.

"남은 자들은 모두 진형을 취해라!"

회운은 결국 자신들이 죽더라도 소하를 죽이기로 마음먹었다. 어떻게든 이 괴물을 막아내야만 했다.

그들의 몸이 허공을 난다.

그것에 소하는 조용히 눈을 위로 향했다.

굉명이 울음을 터뜨린다.

들어 올리는 것과 동시에, 굉명에서 어마어마한 빛이 터져 나가고 있었다.

굉천도법 이십팔식 중 최절초.

붕망(崩邙)이 쏟아져 나갔다.

'도격이 아니다.'

회운은 소하의 공격이 펼쳐지는 찰나의 순간, 저도 모르게 그런 생각을 했다.

단순히 베고 찌르는 공격이 아니라, 도첨에 뭉친 거대한 내공환(內功丸)이 이내 폭탄처럼 대지를 내려치고 있었다.

그리고.

어마어마한 양의 폭발이 눈앞을 메웠다.

쫘아아아아앙!

휘말리는 동시에 세 명의 흑의인이 증발한다. 당연한 일일 것이다. 천양진기로 극대화된 환열심환의 기운은 굉천도법의 봉망과 정말로 잘 어울렸다.

피할 수 없다.

그 궤적은 이미 수십 장에 이르고 있었다.

지반이 폭발하며 들려 오른다.

회운은 신음을 토했다. 자신도 알지 못한 사이 몸은 이미 정신없이 뒤로 도망치고 있었다.

'이게, 이게 무공이라고?'

그는 이해할 수 없었다. 이건 신위(神威)가 아닌가!

일찍이 선무린과 같은 초인에 달한 자를 만나본 적이 없는 회운이니만큼 소하의 일격을 도저히 머릿속으로 받아들일 수 없었던 것이다.

콰오오오오오오!

퍼져 나간다.

지반이 사라지고, 나무가 증발하며 사라져 간다.

순식간에 소하는 주변의 안개마저 모조리 없애 버리며 오로지 평지만을 남겨두고 있었다.

이곳에 시체들이 있었다는 사실마저 알 수 없을 정도로 모든 것이 증발해 있었다. 심지어 지면마저 사라져 검붉은 흙만이 남아 있을 뿐이었다.

숨이 토해져 나온다.

소하는 조용히 어질거리는 머리를 흔들다 눈을 들었다.

아직 하나가 남아 있었다.

"놀랍군."

남자는 말을 내뱉으며 걸음을 옮겼다. 바닥에는 아무것도 없다. 그저 지글지글 흙이 끓으며 연기가 올라올 뿐이다.

"천붕지열(天崩地裂)에 달한 자."

하늘을 부수고 땅을 찢는다.

소하의 무공은 그러한 영역에 도달해 있었다.

"천하오절과 극소수의 인물을 제외하고는 누구도 가능하지 않다고 여겼다만……."

남자, 곡원삭은 뱀 같은 눈을 가느다랗게 뜨며 소하를 바라보았다.

"이건 의외로군."

소하의 입에서 겨우 숨이 뱉어져 나왔다.

평소 사용하는 내공보다 월등한 양을 단숨에 쏟아내어 버린 충격이 컸던 것이다.

분노에 사로잡혀 몸을 제멋대로 움직인 탓이다.

곡원삭의 온몸에 잿빛 기운이 감돌기 시작했다.

"굉명."

그는 소하가 든 무기를 알아보았다.

"네가 바로 굉명지주로군."

이미 그의 소문은 파다하게 퍼져 있었다. 만박자의 묵궤 사건에 끼어들어 서장무인과 싸웠고, 굉령도 초량에게서 굉명을 빼앗았으며, 이번에는 무당에서 검렵 선무린과 싸웠다고 했다.

"어지간한 이들의 얼굴은 알고 있는데……."

곡원삭은 소하를 아예 모르는 것에 의아할 뿐이었다.

"넌 누구지?"

소하는 답할 필요를 느끼지 않았다.

그저 그의 눈은 곡원삭이 든 조그마한 책자에 가 닿았을 뿐이다.

"흠."

곡원삭은 자신이 든 책자를 천천히 들어 올렸다.

"아마… 나와 같은 목표를 가지고 왔나 보지?"

비원동에 대해 적힌 책자.

그러나 소하는 그 책자에 묻은 선명한 핏물을 보았다.

이놈이다.

"비원동에 대한 것은 철저한……."

말을 잇던 곡원삭의 머리로 굉명이 내리꽂혔다.

푸화아아아악!

지반이 쪼개지며 흙이 솟는다. 그러나 소하는 이미 곡원삭이 회피했음을 보았고 눈을 돌려 앞을 노려보았다.

"이거 성질이 급한 친구로군."

곡원삭은 느물느물하게 웃으며 소하를 바라보고 있었다.

하지만 그 역시 전신에 내공을 강하게 두른 뒤였다.

'조금만 늦었다면 반쪽이 됐겠군.'

소하의 움직임은 그의 반사 신경이 반응하기도 어려울 정도였다. 그는 경계를 늦추지 않으며 천천히 손을 들어 올렸다.

"시천마의 무공을 노리는 건가?"

소하는 여전히 묵묵부답이다. 곡원삭은 허어 소리를 냈다.

"왜 그리 공격적으로……."

"네가… 죽인 거였어."

"음?"

소하는 온몸에서 극양기를 토해내며 그를 노려보았다. 두 눈은 살의로 번쩍이고 있었다.

"아, 그 작자 말인가."

곡원삭은 짝 손뼉을 쳤다. 이제야 구재령의 존재를 눈치챘기 때문이다.

"난 분명 기회를 줬네. 솔직히 말한다면 풀어주려고도 생각했었어."

그러나 구재령은 필사적으로 서적을 지켰다.

"다리를 잘라 버리니 좀 얌전해지긴 했는데… 이걸 안 줘서 말이야."

책자를 팔랑팔랑 흔드는 모습.

소하의 두 눈에서 불꽃이 피었다.

콰라라라라라!

굉명이 울부짖는다.

그것에 곡원삭은 비릿한 웃음을 지을 수밖에 없었다.

"성정(性情)이 치우치게 되면… 올바른 판단이 불가능해지지."

동시에 그의 손에서 빛이 날았다.

쿠웅!

소하의 몸이 순간 허공에서 궤도가 비틀어지며 나뒹굴었다. 찌릿하는 고통과 함께 곧 이어 뜨거움이 온몸을 타고 올라오고 있었다.

"크… 윽!"

소하는 신음을 토했다. 어깨에 동그란 구멍이 뚫려 있었기 때문이다.

"그러면 죽는 거야."

곡원삭은 여전히 유들거리며 말을 이었다.

소하는 인상을 찌푸리며 천천히 자신의 상처를 들여다보았다.

'보이지 않았어.'

손가락에서 무언가가 번쩍 빛난다고 생각이 드는 순간, 어깨를 관통하는 충격이 왔다. 상처에서는 역한 냄새와 함께 연기가 모락모락 피어나고 있었다.

천양진기의 방호를 뚫을 정도의 공격이다. 그리고 소하는 그 무공이 무엇인지 알 수 있었다.

"선양지."

"알고 있군."

만박자 척위현의 무공이자, 과거 사장되었던 마공이기도 했다. 손가락에 내공을 집약시켜 열선(熱線)을 쏘아내는 기술.

이전 천양진기를 익힌 소하의 앞에서 자신의 선양지를 보여주던 척 노인이 떠올랐다.

곡원삭은 조용히 손을 들어 올리며 소하를 바라보고 있었다. 여유만만한 태도였다.

"이제까지는 어중이떠중이를 상대했는지 몰라도……."

그러나.

곡원삭은 전신에 내공을 두르며 뒤로 빠질 수밖에 없었다. 소하의 굉명이 우르릉 뇌성을 뿜으며 땅에 내리박혔기 때문이다.

토사가 치솟는다. 곡원삭은 두 걸음을 물러나며 오른손가락에서 빛나는 열선 하나를 쏘아냈다.

그러나 피한다.

소하는 고갯짓으로 열선을 피한 뒤, 몸을 낮추며 마치 뱀처럼 이리저리로 휘어지고 있었다.

피웃!

땅에 맞자 곧 그곳에 동그란 구멍이 생기며 연기가 피어오른다. 선양지 역시 소하와 마찬가지로 극양의 기운을 일거에 응축해 뿜어내는 절기였다.

곡원삭은 물러서는 동시에 소매를 털었다. 소하가 격정에 치우쳐 있다 생각해 더욱 그를 도발하려 들었지만, 소하는 점점 더 빨라지고 있었다.

"흠!"

그의 입에서 고함이 터져 나오는 동시에 사방으로 빛무리가 떠올랐다. 내공이 유형화되며 소하에게로 쏘아진 것이다.

폭발이 인다.

선양지를 응용한 공격은 다양하다. 곡원삭은 지금 펼친 형환(炯丸)으로 소하의 움직임을 막아내었으리라 확신했다. 이제까지 그 어떤 고수들이라 해도 자신들의 상상을 초월한 무공인 선양지를 보고서 감히 덤벼들지 못했기 때문이다.

하지만 달려드는 칼이 보인다.

"크윽!"

곡원삭은 허리를 젖히며 그대로 몸을 띄웠다.

콰자자작!

땅이 부서지며 그대로 지반이 들려 오른다. 소하는 전력을 다해 굉명을 내려치며 고개를 들고 있었다.

몸에서 연기가 피어오른다. 소하는 자신의 내공으로 형환을 모조리 부딪쳐 폭발시킨 뒤 그에게로 돌진한 것이다.

"무식한……!"

곡원삭은 찌릿 눈을 찡그리며 그대로 왼손을 들어 올렸다.

그의 검지에서 단숨에 빛줄기가 날고 있었다.

'내공이 제법이군.'

곡원삭은 냉정한 자다. 그는 소하의 기량을 파악하는 즉시 전법을 바꾸며 그에게서 멀어지고 있었다.

소하가 굉명을 들고 덤벼드는 것을 받아내기 버겁다는 사실을 깨달았고, 그가 원거리에서 가하는 공격을 막아내기가 힘들 것이라 예상했다.

그 결과가 지금의 공격이었다.

곡원삭의 세 손가락에서 빛줄기들이 너울너울 춤을 췄다.

선양지의 응용식인 일순(溢循).

단숨에 여섯 갈래의 빛줄기가 소하를 때렸다.

콰아아아아!

빛이 솟구침과 동시에 폭발이 밀려든다. 곡원삭은 후우 하고 숨을 고르며 천천히 팔을 들어 올렸다. 그의 몸에서 다시금 잿빛 기운이 일어나고 있었다.

'이걸로 죽었다고 생각하지 않겠다.'

그는 즉시 소하의 움직임을 기다렸다. 그쪽은 시야가 확보되지 않지만, 바깥에 있는 곡원삭은 연기 속에서 소하가 어찌 움직이는지 그 형체를 알아볼 수 있었다.

그리고 소하가 엉거주춤 몸을 옮기려는 순간.

파악!

빛줄기가 쏘아지는 것에 소하는 굉명을 들어 그것을 막았

다. 그러나 안에 실린 경력 때문에 굉명을 든 오른손이 크게
튕겨 나갔고 곡원삭의 눈이 요사하게 번득였다.

"지금이군."

그리고.

아까 전보다 훨씬 빠른 빛줄기 하나가 소하를 꿰뚫었다.

맨 처음 소하의 어깨를 관통했던 질시(疾矢)였다.

선양지는 각 공격을 여러 방식으로 변환할 수 있다. 그렇기
에 무공을 연구하기 좋아하는 만박자 척위현의 마음에 들었
던 것이고, 개량 끝에 천하제일을 논할 수 있는 무공이 되었
다.

소하가 맞는 것을 확인한 곡원삭은 겨우 불안이 빠져나가
는 것을 느꼈다. 선양지에 관통당했다면 분명 큰 충격을 받았
을 게 분명했다.

'굉명을 회수하면 큰 이득이겠군.'

초량에게 빚을 지워두는 것도 나쁘지 않을 것이다.

연기가 가시는 것에 곡원삭은 느긋이 소하의 목숨을 끊으
려 했다.

방패가 사라진 것에 소하는 무척이나 당황했으리라. 그렇기
에 아무리 질시라고는 해도 그 공격에 무방비로 당해 버렸겠
지. 곡원삭은 늘 있던 일이기에 히죽 웃음을 지었다.

그러나 연기 안쪽을 본 그의 얼굴은 차갑게 굳어질 수밖에
없었다.

"뭐⋯⋯."

그 안에는 소하가 서 있었다.

"드디어."

허리춤에서 반쯤 뽑아낸 연원이 가슴을 막아내고 있다.

곡원삭이 가까이 다가온 것을 본 소하는 즉시 온몸에서 참 았던 천양진기의 기운을 방출했다.

"가까이 왔군!"

그 고함과 동시에 소하의 몸이 질풍처럼 쏘아져 나갔다.

"큭!"

곡원삭은 양 소매에서 잿빛 기운을 일으키며 굉명과 연원 의 일격을 막아냈다.

쩌르르릉!

그러나 몸이 울린다. 살이 분해되고 뼈가 부서지는 것만 같 은 충격이 뒤따랐다.

굉천도법과 백연검로.

소하의 손에서 펼쳐진 두 개의 무공은 단번에 곡원삭의 소 매를 찢어내며 그의 팔에 깊숙한 상처를 남겼다.

미끄러져 나가는 곡원삭의 모습. 소하는 그것에 발을 들어 그를 쫓으려 했다.

"놈!"

곡원삭이 인상을 찌푸리며 고함질렀다.

하마터면 죽을 뻔했다. 방금도 손을 방패로 내세우지 않았다면 가슴에 깊숙한 상처가 남았으리라.

그의 온몸에서 폭발적인 내공이 피어오르기 시작했다.

"살려두지 않겠다!"

소하는 으득 이를 악물었다.

"내가 할 말이다."

굉명을 비스듬히 내린 그는 연원을 들어 곡원삭을 겨눴다.

어째서 이들은 폭력을 아무렇지도 않게 휘두를 수 있는가?

어째서 아무 죄도 짓지 않은 사람을 괴롭히며 즐거워할 수 있는가?

소하는 묻고 싶었다.

그것이 무림이라면, 무림의 본질이라면 무(武)란 결국 악의에 지나지 않겠는가.

그리고 소하의 생각이 거기까지 미친 순간 흰 안개가 허공에서 일었다.

"뭣……?"

곡원삭은 순간 당황했다.

그의 시야에서 소하가 서서히 사라지기 시작했던 것이다.

처음에는 고도의 보법인 줄만 알고 경계했지만, 곧 주변의 모든 사물이 사라지고 있다는 사실을 깨달았다.

환술(幻術).

곡원삭은 거기까지 생각이 미친 순간 소하 쪽을 노려보았다. 그러나 아무리 안력을 돋운다 해도, 소하는 완전히 사라져 버린 뒤였다.

"이건 대체……."

그는 망연히 중얼거리다, 이윽고 자신의 발밑을 바라보았다.

"그런가."

주먹을 쥔다.

그는 인상을 찌푸리며 고개를 들어 올렸다. 어느새 소하와 곡원삭은 천원산의 내부까지 깊숙이 들어와 있던 터였다.

"이게 천원산의… 진법이란 이야기로군."

이제 주위에는 아무것도 보이지 않는다. 오로지 흰 안개만이 시야를 가득 메울 뿐이다.

곡원삭은 눈을 돌렸다.

소하의 모습은 이미 사라져 있는 터다.

"시천마의 힘……."

그는 조용히 그리 중얼거렸다.

안개는 더욱 꾸물거리며 그의 시야를 가린다.

아니, 이제는 전혀 다른 세상을 그려내고 있을 정도다.

곡원삭의 입가에 희미한 미소가 지어졌다.

소하와의 싸움에서 자신이 죽을지도 모른다는 순간적인 위협마저 피어올랐었지만, 상황을 보니 진법이 두 명을 갈라놓은 듯싶었다.

그는 피가 흐르는 팔을 붙잡으며 천천히 앞을 바라보았다.

오로지 그의 눈에만 보이는 무언가가 맹렬하게 휘몰아치고 있었다.

*   *   *

소하는 숨을 토해냈다.

눈앞이 희미해지기에 당황해 고개를 도리질치기는 했지만 그 순간 곡원삭의 모습이 씻은 듯 사라져 버렸다.

순간 그가 무슨 수작을 부린 것이 아닌가 하는 의심이 들었지만, 이내 주변의 한기가 더욱 심각해지는 것에 소하는 빠르게 몸을 피했다.

"아, 아아아아!"

소하는 순간 귀에 들려오는 소리를 들었다. 마치 누군가가 입을 벌려 고함치는 듯했다.

그리고 기척이 일었다.

재빠르게 연원을 휘두르기는 했지만 그것은 이내 검에 걸려 픽 하는 소리와 함께 사라져 버렸다.

소하의 눈이 동그랗게 커졌다. 안개는 마치 사람의 모습을 한 것만 같았다. 안개로 이루어진 칼을 든 사람은 상체가 갈라진 채 너울너울 연기로 화해 사라지고 있었다.

그런데.

"아아아악!"

비명을 질렀다.

베인 연기는 입을 벌려 찢어지는 비명을 질렀다.

소하는 당황할 수밖에 없었다.

"저놈이다!"

연기 하나가 그리 소리친다.

눈을 들자 거대한 산으로 보이는 음영(陰影)에서 무수한 연기들이 쏟아져 내리고 있었다.

"적이다!"

"없애라!"

"죽여라!"

괴성이 뒤이었다. 소하는 그 순간 저도 모르게 팔을 휘둘렀다.

굉명이 우르릉 소리를 내며 도격을 내뿜는다. 그것에 달려들던 연기 한 명은 어깨가 잘려 나가며 땅에 나뒹굴었고, 역시 고통에 찬 신음을 질렀다.

"크아아아악!"

도격 한 번에 연기 셋이 휩쓸렸다. 소하는 그들이 땅을 구르며 지르는 피맺힌 비명을 듣고는 어안이 벙벙할 수밖에 없었다.

'뭐지?'

손에 남는 혐오스러운 느낌.

누군가를 죽이고 난 뒤 느낄 수 있었던 감촉이다.

조금 전 구재령의 죽음에 분노해 흑의인들을 몰살시켰기에, 소하는 누구보다도 그 감촉을 확실하게 알고 있었다.

연기 하나가 울분을 토한다.

"잘도 죽였겠다!"

괴성과 함께 창이 찔러져 온다. 소하는 천영군림보로 그것을 회피하며 오른손에 든 연원을 부드럽게 휘둘렀다.

상대가 살기를 갖고 달려들자 소하의 움직임도 자연히 살기를 실을 수밖에 없었다.

쉬악!

칼날과 칼날이 마주한다.

그러나 천하제일명장이라는 연필백이 만든 연원이다. 연기로 만든 칼은 단번에 어그러지며 일그러졌고, 소하는 자신이 휘두른 검이 연기의 가슴을 갈라놓는 것에 이를 꽉 악물 수밖에 없었다.

"아, 아윽……."

연기는 입을 뻐끔거린다.

너무나 큰 고통에 신음조차 내지 못했다.

"죽기 싫어……."

그 말을 남긴 채, 연기는 우수수 사라져 버린다.

목소리가 마치 비수 같았다. 소하는 자신의 가슴을 무언가가 푹 파고든 양 아파오는 것을 느꼈다.

이들은 마치 살아 있는 사람 같았다.

달려들고, 죽어가며, 삶을 갈망한다.

그 애처로운 모습에 소하는 결국 뒤로 물러설 수밖에 없었다. 칼을 휘두른다면 모두를 참살할 수 있겠지만 그것은 진정 소하가 원하는 일이 아니었다.

그 순간 연기들은 모두 고개를 들어 올린다.

소하를 바라보는 하얀 눈들.

눈동자조차 없는 눈들이 소하를 바라보며 음산한 기운을 풍겼다.

그리고.

"원(願)이란 것은 무섭다."

멈출 수밖에 없었다.

소하의 앞에는 어깨에 도를 걸친 노인 한 명이 서 있었다.

여전한 얼굴.

"그렇기에 서로 죽여댈 수밖에 없는 거지."

여전한 목소리로.

소하는 망연할 수밖에 없었다.

꿈인가 싶어 손가락을 꿈틀거려 보아도 여전히 눈앞의 노인은 사라지지 않았다.

어깨에 든 도는 마치 거대한 벼락같다.

"자아, *꼬마.*"

그의 입가에 미소가 걸쳐진다.

굉천도 마령기는 천천히 자신의 애도인 굉명을 내리며 소하에게로 강렬한 살기를 내뿜었다.

"죽이고 죽을 시간이다."

第三章
비원

콰아아아아아앙!

연기가 치솟는다.

소하는 그 순간 모든 세상이 일거에 느려지는 것을 느꼈다. 소하 자신의 감각이 예민하게 곤두선 것이다.

죽음을 느꼈기에.

소하는 자신의 눈앞까지 다가온 굉명을 보고는 다급하게 팔을 비틀었다.

귓전이 터져 나갈 듯한 소음이 주변을 뒤흔든다.

소하는 자신의 굉명을 휘두른 팔이 뜯어져 나간 것만 같았다. 한순간 감각마저 사라질 정도였다.

"큭!"

신음을 흘리며 물러선 순간, 눈앞에는 땅을 긁으며 휘둘러지는 도신이 있었다.

콰사아아아앗!

다급히 몸을 뒤로 던져 피했다. 소하는 정수리에서 뜨끈한 핏물이 흘러내리는 것을 느꼈다. 아주 잠깐이라도 늦었다면, 머리가 반으로 나눠져 버렸을 것이다.

"오호라."

굉천도 마령기는 어깨에 다시 굉명을 걸치며 비릿하게 웃었다.

"제법 푸득대는군."

동시에 그의 온몸에 뇌전이 둘러졌다.

콰르르르르!

소하는 천양진기 팔식을 펼치며 비명을 내질렀다.

"아아아악!"

막았다.

분명 굉천도법의 천뢰가 펼쳐졌기에 소하는 그것을 당연하게 파훼하려 했다.

그러나 그걸 받아낸 순간, 팔이 그대로 뜯어져 나갈 것이라는 사실을 느낀 몸이 본능적으로 천양진기를 발동시켰다.

소하는 형편없이 땅을 나뒹굴며 흙투성이가 되었다. 물컹한 진흙들이 온몸을 더럽히고 있었다.

"하지만 약해 빠졌군."

마령기는 음산하게 눈을 번뜩이며 괭명을 옆으로 내렸다.

"초식을 받아내지도 못하나?"

이죽거리는 목소리.

분명 이전 소하가 알고 지내왔던 마 노인이다.

'이건 함정이다.'

소하는 쿨럭이며 자리에서 일어섰다. 내장이 분탕질되자 목 구멍 안쪽에서 핏물이 줄줄 흘러내리고 있었다.

마 노인은 죽었다.

내공이 폐쇄된 몸으로 마교의 정예들을 막아내고 붕괴하는 마교와 끝을 같이했다.

누군가 소하를 없애려 짠 함정일 것이다.

그렇게 생각할 수밖에 없었다.

"머리 쓰지 마라, 얼간이."

퉁명스러운 소리가 들렸다.

괭명을 든 마령기는 눈을 번쩍이며 소하를 노려보고 있었 다.

"이건 시험이다."

그와 함께 허공에서 어마어마한 양의 도격이 쏟아져 나왔 다. 괭천도법의 공파였다.

"진정으로 '끝'에 닿을 수 있는지에 대한!"

그 순간 소하는 으드득 이를 악물 수밖에 없었다.

파콰콰콰콰!

광명을 방패로 내세우지만 힘 배분을 조금이라도 잘못했다간 손목이 그대로 꺾여 부러질 정도의 충격이 쌓여오고 있었다.

그리고 섬전이 뒤이었다.

소하는 다급히 백연검로를 펼쳤다. 주연로가 단숨에 마령기의 가슴을 쏘았지만, 그는 뇌전을 두른 팔로 칼을 걷어버리며 빙긋 미소를 지었다.

온다.

소하는 자신의 머리로 쏘아지는 칼을 보았다.

광명을?

아니다. 그걸 들어 올리면 날아든 도격에 몸이 잘려 나가고 말 것이다.

연원은 이미 소하가 원한 궤도를 떠나 미끄러지고 있다.

그러나 생각할 틈은 없었다.

광명은 뇌명을 토해내며 소하의 머리를 내리찍었다.

세상이 암흑에 잠겼다.

그리고.

소하는 빛이 돌아오는 것에 카학 하고 숨을 토해냈다.

눈앞에는 아무것도 없었다. 그저 하얀 연기로 가득한 천원산만이 보일 뿐이다.

"망설임이란 끊임없이 스스로를 잡아먹는 것."

정신을 차린 소하의 눈앞에 흰 무복이 보였다.

소하는 자신의 머리가 나눠지지 않았다는 것에 얼이 빠질 수밖에 없었다.

그러나 상대는 전혀 멈추지 않는다.

소하는 문득 세상의 공기가 모조리 굳어진 것만 같았다. 지금 나타난 상대의 기도 때문이다.

엄숙하다.

보기만 했는데도 무릎을 꿇고 엎드려야 할 것만 같았다.

그런 숭고(崇高)함이 그에게는 있었다.

"그렇기에 지금만큼은 이 칼날을……."

쏴아아아아악!

소하는 소름이 돋아 오르는 것을 느꼈다.

온다.

온다.

온다!

어깨가 찔렸다.

소하는 비명을 지르며 뒤로 날아갔고, 땅을 나뒹굴고는 그 기세를 이기지 못해 나뭇등걸에 부딪쳤다.

"그대에게로 향하겠다."

흰 수염을 늘어뜨린 백로검 현암은 조용히 자신의 애검인 백련을 옆으로 뉘었다.

"결국 비원동으로 향했다는 건가."

상관휘는 부하의 보고를 듣고는 인상을 찌푸렸다. 한참 동안 곡원삭이 보이지 않아 그를 경계하고 있었건만, 그러한 곳에서 나타났다는 정보를 접수하게 된 것이다.

"시천마의 힘을 노리는 것이겠군."

상관휘 역시 곡원삭이 현재의 힘 싸움을 서서히 끝내려 한다는 사실을 알고 있었다. 이제 시천월교를 잊고 새로운 무림을 만들어가려는 시기다. 그렇기에 강한 힘으로 초장부터 상대를 깔아뭉갤 만한 무력이 필요한 것이다.

하지만 여기서 중대한 사건이 발생했다.

굉령도 초량의 패배였다.

상관휘를 비롯한 이들은 그 틈을 놓치지 않았다.

모든 젊은 무인들에게 있어 신처럼 떠받들어지는 천하오절의 후예라고 해도 누군가에게 패할 수 있는 자들임을 다시금 인식시킨 것이다.

게다가 청성신협이라 불리는 운요가 자신들의 파벌에 속해 있음을 강조하는 일도 빼먹지 않았다.

굉령도가 청성신협과 맞붙었다는 소식까지 날조해 가며, 상관휘는 필사적으로 전승자들의 이름에 흠을 내는 데 열을 올리고 있었다.

그 결과는 전혀 다른 방향에서 득을 봤다.

바로 백영세가의 대화재였다.

백면이라는 자들이 출현하자 천회맹만을 믿고 있던 무인들은 혼란스러울 수밖에 없었다.

천회맹의 무인들은 그 화재에서 죽거나 도망친 게 전부였고, 백면의 무인들이 서장무인과 맞서 싸워 그들을 물리쳤기 때문이다.

사람들은 천회맹의 무력에 대해 다시금 생각해 보게 되었고, 무조건 천회맹의 편에 붙을 필요가 없다는 사실을 알게 되었다.

"시천마라."

상관휘의 옆에서 조용한 남자의 목소리가 뒤이었다.

"과연 그게 중요한 것일까 의문이 드오만."

"그대가 모르는 것이겠지."

상관휘는 고개를 돌렸다. 그의 눈에는 진득한 두려움이 어려 있었다.

"시천마는… 고금제일(古今第一)이었소."

상관휘는 상관세가가 어떤 식으로 몰락하는지 똑똑히 보아 왔던 자였다. 그가 어릴 적 자신의 조부는 시천마에게 검을 들이대며 당당히 비무를 신청했던 터였다.

천하오절들을 배신하고 무림에 공격을 개시한 시천마를 두고 볼 수 없다는 이유였다.

그의 시신은 조각조각 나뉜 채 돌아왔다.

사람들이 울음을 터뜨리고, 팔다리가 잘린 그 시신에 매달리는 것에 상관휘는 두려움만을 느낄 수밖에 없었다.

그의 세상에서 가장 강한 자는 단연 조부였다. 그러나 시천마는 단 두 수로 조부를 이렇게 만들어 버렸다고 했다. 갈고닦은 검법은 무참하게 핏물 속으로 가라앉아 버리고 말았다.

상관휘의 시선 끝에는 부채를 든 채 얼굴을 가리고 있는 하얀 피부의 남자가 앉아 있었다.

신비공자라고 불리는 자, 현 무림에서 가장 큰 풍파(風波)를 일으키고 있는 단리우는 부채 안쪽으로 매혹적인 미소를 보였다.

"일인(一人)이 강대한 힘을 지니던 시대는 흘러갔소. 상관 공자."

단리우의 백면은 천회맹보다 강력한 고수를 여럿 보유했다는 점에서 소수이지만 강한 집속력을 지닌다. 단리우의 밑으로 집결한 정체불명의 무인들은 벌써부터 이곳저곳을 움직이며 천회맹의 일들을 빼앗고 있는 터였다.

"알고 있소."

상관휘는 흠 하고 낮게 신음을 토했다.

"그렇기에… 내가 여기 있는 것이지."

단리우의 입가에는 여전히 미소가 걸려 있었다.

천회맹 내부의 상관휘 세력은 백면과 연계를 시작했다. 전승자들을 완전히 거꾸러뜨리려는 상관휘의 목적과 무림 내부에 파고들려는 단리우의 방식이 서로 맞아떨어졌기 때문이다.

이해가 맞았지만 여전히 알력(軋轢)은 남는다.

상관휘는 눈을 가늘게 뜨며 창밖을 바라보고 있는 단리우를 주시했다.

'위에 서려고 하지 마라.'

그들을 다루는 것은 바로 자신이어야만 했다. 그렇기에 상관휘는 한 마디라도 그에게 지고 싶지 않았다.

"요즘 소식으로는."

단리우는 여전히 상관휘를 바라보지 않고 있었다.

"제갈 공자가 발걸음을 하지 않는다 들었소."

제갈위? 갑자기 나온 이름에 상관휘는 인상을 찌푸렸다. 갑자기 그를 입에 담는 이유를 추측하기 어려웠기 때문이다.

"사사로운 일이오."

"흠……."

단리우는 가볍게 부채를 접었다.

"제갈 공자의 힘이 절실하다고 생각되오. 그가 있기에 지금의 천회맹이 건실하게 세워진 터일 테니."

"무슨……."

상관휘는 반감이 울컥 가슴을 치고 올라오는 것을 느꼈다. 갑작스런 그의 말에 상관휘는 인상을 쓰며 단리우를 노려보았다.

제갈위는 상관휘에게 있어 늘 자신보다 아래라고 느껴온 자였기 때문이다.

"듣자 하니 말이 지나치군."

구석에 비스듬히 앉아 그들의 대화를 듣고만 있던 하북 팽가의 팽역령이 입을 열었다.

워낙 육체를 움직이는 쪽에 특화된 이라 이런 말싸움에는 끼고 싶지 않았지만, 갑자기 단리우가 그러한 말을 꺼내는 것은 좋지 않다고 여겼기 때문이다.

"누구 하나가 아니라, 모두가 묶인 것이 바로 천회맹이다. 이방인."

"그렇다고도 할 수 있겠소만."

단리우는 팽역령에게로 눈을 돌렸다. 그 이외에도 몇 명의 무인이 지금 이 자리에 함께 있는 터였다.

"여기 계신 분들이 천회맹의 말단인 자들과 같은 권리를 향유(享有)하고 있다고는 생각할 수 없겠군."

"놈……!"

한쪽에서 소리가 들렸다. 구석에서 이야기를 듣던 자가 몸을 일으킨 것이다.

"신비공자, 말이 과하군."

이 자리에 앉아 있는 자는 총 다섯. 그중 소리를 지른 자는 자신의 옆에 앉은 남자가 찌릿 노려보는 것에 저도 모르게 자리에 주저앉았다. 기운에 압도된 탓이다.

"천혐검파의 검주를 뵙다니, 기쁜 일이오."

단리우는 씩 웃음을 지었다. 이미 그들의 신상은 전부 파악하고 있다는 소리다.

시천월교와의 싸움에서 큰 공을 세웠던 천혐검파의 수장인 서효는 눈을 번득이며 단리우를 바라보았다.

"당신의 부하들이 무림에 하고 있는 짓은 혼란을 부추길 뿐이라는 사실을 알고는 있겠지."

백면은 해결사가 되었다. 무림에 있는 갖가지 일들을 이리저리 해결하며 단숨에 중원 내에 백면과 백영세가의 이름을 알리고 있었던 것이다. 당연히 천회맹에게는 보기 좋은 일이 아니었다.

"상관 대협은 그걸 알면서도 당신에게 손을 내밀었지."

"음… 하긴, 그렇군요."

그러나 단리우의 눈은 비웃음을 담고 있었다. 상관휘가 곡원삭에게 이기기 위해 자신을 이용하려 든다는 걸 이미 알고 있기 때문이었다.

"좋습니다. 저 역시 곡 대협의 행동은 도를 넘어서고 있다는 생각을 하고 있었죠."

곡원삭에 대항하기 위해 연합하자.

그것이 바로 상관휘의 목적이었다. 그것을 바로 말하자 상관휘는 슬쩍 눈살을 찌푸렸다.

'뭐가 목적이지. 여우 같은 놈.'

갑작스레 이리 솔직히 나올 리가 없다. 그러나 단리우는 여전히 웃고 있을 뿐이었다.

"이야기가 끝난 거겠지요. 그럼… 이만 물러나도록 하겠습니다."

그가 자리에서 일어나자, 뒤에 서 있는 가면을 쓴 무인 두 명이 단리우의 뒤를 따랐다. 그의 호위역으로 온 무인들, 상관휘는 그들 중 키가 큰 무인 하나를 뚫어지게 노려보고 있었다.

불상(佛像)의 얼굴을 조각해 놓은 가면을 쓴 자였다.

"처음 보는 자로군."

"이번에 새로 들인 자입니다."

하지만 아무도 그자를 알아보지 못했다. 무인이라면 보통 익힌 무공에 의한 특징이 있을 텐데, 여기 있는 모두가 녹색 가면을 쓴 자의 무공에 대해 도저히 추측할 수가 없었다.

'어디서 무인을 데려오는 거지.'

뒷배경이 없는 무림의 고수들은 많다. 그런 이들 중 상당수가 현재의 단리우를 따르고 있는 터였고, 그렇기에 천회맹 역시 그를 요주의할 수밖에 없었다.

하지만 문제는 천회맹의 인물들은 그러한 암중(暗中)의 고수들을 잘 모른다는 점에 있었다.

"차차 알게 되실 겁니다."

단리우는 그리 말하며 몸을 돌렸다.

뚜벅뚜벅 걸어 나가는 모습.

그와 두 무인은 전각을 나서며 드높이 펼쳐진 하늘을 바라보고 있었다.

"형편없군."

녹색 가면을 쓴 자의 입에서 조용한 목소리가 흘러나왔다.

"신세대의 한계겠지요."

옆에 있는 자가 큭큭 웃음을 흘리고 있었다. 청면(靑面)이라 불리는 푸른 가면을 쓴 자는, 느긋이 고개를 돌려 아무도 나오지 않은 전각을 바라보았다.

"무공에 대해 제대로 아는 자가 몇이나 있으려나."

단리우는 즐겁다는 듯 고개를 기울였다.

"이제부터가 시작이오."

그의 눈은 녹색 가면을 쓴 자에게로 향해 있었다.

그는 백면에 얼마 전부터 들어온 자였지만, 청면을 비롯한 고수들은 그가 어마어마한 힘을 가졌다는 것을 은연중에 느낄 수 있었다.

"…약속을 지켜라."

그의 허리춤에 걸린 칼이 우우웅 소리를 냈다. 그의 내공이 반응해 진동하고 있는 것이다.

평범한 자들이라면 상상조차 할 수 없는 기예다. 그것에 단리우는 가볍게 고개를 끄덕였다.

"약조를 지키는 것이 신뢰의 표상(表象)이라면 당연히 그리

해야 하지 않겠소."

답은 없었다.

가만히 걸어가던 단리우는 이내 고개를 들어 올려 넓은 창
천을 바라보았다.

"우리를 막을 자는… 이제 없지."

*　　　*　　　*

"고작 이건가?"

마령기는 고개를 갸웃거렸다.

그의 앞에는 피투성이가 된 소하가 부들거리며 일어서고 있
었다.

"생각보다 더 형편없군."

그의 목소리는 차갑다. 마치 적을 눈앞에 둔 것처럼, 소하
를 노려보며 천천히 굉명의 손잡이를 쥐고 있었다.

'일곱 합.'

소하는 피를 토해내며 머리를 뒤흔들었다. 생각이 이리저리
뒤엉켜 제대로 굴러가지 않는다.

하지만 아마도 자신이 이렇게 될 때까지 걸린 시간은 아마
그 정도일 것이다.

'저기 있는 마 할아버지는… 나를 알지 못한다.'

이곳이 어딘지는 알 수 없다. 다만, 지금의 마령기는 무림에

서 전설적인 무명을 떨쳤던 바로 그 굉천도 마령기 자체였다.

손을 쥐어보려 했지만, 소하는 씁쓸하게 웃을 수밖에 없었다.

왼팔이 없다.

굉명을 들고 막아내려는 순간, 내려친 마령기의 도격이 단숨에 소하의 팔을 잘라내 버렸다. 머리가 새하얗게 변할 정도의 고통이 뒤따랐지만, 소하는 어쩔 수 없이 물러설 수밖에 없었다.

"왜 네놈이 굉명과 똑같은 걸 들고 있는지는 모르겠지만."

그것이 마령기의 자존심을 건드린 모양이었다.

게다가 소하의 움직임을 통해 그는 이미 소하가 굉천도법을 익히고 있다는 것도 느낄 수 있었다.

"대가리를 날려 버리면 끝날 일이지."

"하."

마령기의 눈썹이 살짝 일그러졌다. 소하의 입에서 터져 나온 것은 분명 웃음이었다.

부스스 머리를 들어 올린 소하는 핏물이 줄줄 흐르는 이마의 상처를 오른손으로 닦아내며 비틀거렸다.

"여전하시네요."

"무슨 소리냐. 건방진 꼬마 놈."

"소하예요."

그 말에 눈썹을 꿈틀거리던 마령기는 이윽고 더 할 말은 없다는 듯 온몸에서 번개를 불러 일으켰다. 바지직 하는 소리와 함께 그의 전신을 뇌전이 둘러 감기 시작했다.

쏘아진다.

소하가 아까도 제대로 막아내지 못했던 일격이다. 눈을 깜박일 수조차 없을 정도로 빠른 속도로 내려쳐지는 도격. 마령기는 이걸로 소하의 머리를 단숨에 조각내려 하고 있었다.

그것에 소하는 전력을 다해 칼을 펼쳤다.

연원이 굉명을 타며 미끄러지기 시작했다.

카가가가각!

백연검로의 일격.

마령기의 눈이 순간 커졌다. 소하가 아까보다 더 빠르게, 그리고 유연한 움직임으로 자신에게 대응해 왔던 것이다.

제칠로인 영운로가 마령기의 어깨를 긁었다.

하지만 그와 동시에 소하는 눈앞이 새까매지는 것을 느꼈다. 공격의 대가로 굉명이 자신의 머리를 내리 부숴 버린 것이다.

시야가 뒤흔들린다.

"윽……!"

소하는 눈살을 일그러뜨리다 이윽고 재빨리 자신의 왼손으로 눈을 향했다.

움직인다.

또한 손에 쥐어져 있는 굉명이 보인다.

'이걸로 열 번째.'

소하는 가쁜 숨을 진정시키며 앞을 돌아보았다. 안개는 여전히 눈앞을 가리며 세상을 덮고 있는 터였다.

지금까지 열 번 죽었다.

소하는 이곳이 무언가의 진법으로 이루어져 있다는 사실을 느낄 수 있었다. 마령기의 굉명이 단숨에 주변을 엉망으로 만들어 놓아도, 한 번 죽고 나면 모든 게 원래대로 돌아온다.

"다시 왔구나."

소하는 눈을 돌렸다.

앞에는 현암이 있었다. 백련을 뉘인 채, 여전한 자세로 서 있었다.

목이 멜 것만 같았다.

그러나 소하는 연원을 들어 올리며 자세를 잡았다.

이 열 번의 싸움에서 배운 것은, 바로 이들의 '목적'이다.

현암은 그걸 보며 웃을 뿐이었다.

"배우는 것이 빠르구나. 어린 무인아."

그리고.

카앙!

소하의 검이 궤적을 그리며 공격해 오는 현암의 검을 받아냈다. 백연로의 연수로로 싸움의 시작을 알리는 것이다.

"백연검로를 안다면……."

하지만 팔이 벌벌 떨린다.

소하가 전력을 다해 막아낸 일격은 현암에게 있어 그저 가볍게 내뻗은 공격에 불과했다.

"좀 더 보여주겠느냐."

그의 입가에 걸린 미소.

소하는 그와 동시에 마주 웃음을 지었다.

카아아앙!

칼을 튕겨내는 즉시 소하는 전신에 천양진기를 두르며 앞으로 질주하기 시작했다. 현암의 무상기에 포착된 이상, 회피는 의미가 없다는 걸 지난 싸움으로 배웠기 때문이다.

뺨을 스치는 칼날.

소하의 검이 펼쳐지기도 전에 몸에 일곱 개의 구멍이 뚫렸다.

주르륵 미끄러지며 소하는 그대로 칼을 땅에 박았다.

울컥울컥 핏물이 토해져 나온다. 현암은 그저 가볍게 상대하고 있었지만, 소하에게는 거대한 장벽처럼 느껴질 정도였다.

'아직도……'

천양진기 팔식을 사용해 덤빈다 해도, 많아봐야 열 합이다.

소하는 으드득 이를 악물며 일어서려 했지만 온몸이 덜덜 떨리는 통에 제대로 움직일 수조차 없었다.

강하다.

천외천(天外天).

소하는 어째서 천하오절이 그 많은 무림인에게 경탄을 받았는지 알 것만 같았다. 마령기와 현암은 진심을 다하고 있지 않은데도 소하를 단숨에 죽여 버릴 수 있는 힘을 보유하고 있었다.

"포기해도 괜찮다."

현암은 그리 말하며 앞으로 걸음을 옮겼다. 그러자 흰 기운은 마치 주인을 따르듯 사방으로 갈라지며 흩어져 나가기 시작하고 있었다.

"스스로의 목숨을 소중히 여겨야 하는 법이지."

천원산에 오는 이들은 모두 여기서 무너졌다.

천하오절의 무위를 이겨내지 못해서, 그리고 스스로에 대한 자괴감이 깊숙하게 마음을 상처 입혀서였다. 현암은 지금 이 소년 역시 이대로 돌아갈 것이라 생각했다. 분명 흥미 있는 부분들이 있었지만, 그것만으로 나아가기엔 이곳은 너무나도 위험한 장소였다.

그러나.

소하는 자신의 뺨을 쳤다.

짝 소리가 안개 속을 울릴 정도로 세게 후려쳤다.

현암이 멍하니 바라보고 있자 소하는 상체를 일으키며 씩 웃음을 지었다.

"그럴 마음은 없어요."

"그렇구나."

현암은 희미하게 웃으며 천천히 칼을 들어 올렸다.

"자네라면… 본인에게 알려줄 수도 있겠군."

쐐애애애액!

소하는 몸을 비틀며 즉시 허공으로 뛰어 올랐다.

바닥을 치는 칼날, 동시에 그것은 위로 휘어지며 소하의 오른팔을 긁으려 들었다.

굉명이 그 자리를 막는다.

소하는 옆으로 세운 굉명을 방패로 삼으며 현암의 공격을 아슬아슬하게 막아냈다.

뒤로 튕겨 나가며 땅에 착지하는 소하를 바라보던 현암은 이내 만족스럽다는 듯 은은한 웃음을 머금었다.

"완성(完成)이란 것을 말이야."

*   *   *

"힘드냐?"

마 노인은 실쭉거리며 자리에 앉아 있었다. 그와 격렬한 싸움을 펼친 소하가 땀범벅이 된 채로 숨을 토해내고 있자, 그는 부드럽게 자신의 목도를 쥐어 이리저리 허공에 휘두르고 있었다.

"싸움이란 늘 그런 거다."

"죽을… 것 같네요."

소하의 중얼거림에 마 노인은 큭큭 하고 웃음을 흘렸다.

"그렇게 쉽게 죽을 거였으면, 사람이 이리 태어나지 않았겠지."

소하는 고개를 빼꼼 들어 올렸다. 마 노인이 지금 무슨 말을 하는지 의문이었던 것이다. 서늘하게 들어오는 혈천옥의 공기를 맞으며, 그는 천천히 눈을 천장으로 향하고 있었다.

"사람은 수많은 싸움을 겪으며 성장하는 법이다."

누구나가 그렇다.

"너와 나만이 아니라, 이 무림이라는 세상을 살아가는 모든 놈들이 그렇지."

그럴 것이다.

소하는 이제까지 철옥에서 봐왔던 사람 하나하나의 이야기를 들었다. 영보나 독우 같은 이들 역시 자신의 세상을 필사적으로 살아나가고 있는 이들 중 하나였다.

"그게 중요하다."

마 노인은 목도를 들며 천천히 자리에서 일어섰다. 소하를 그만큼 괴롭혔음에도 그는 여전히 아무렇지 않은 모습이었다.

"더욱더 성장해라. 다만……."

소하 역시 무릎을 짚으며 일어서고 있다. 마 노인은 빙긋 웃음을 지으며 말을 이었다.

"다른 사람의 삶을 우습게 보는 멍청한 짓만은 하지 말고."

척 노인이 한 말과도 같다.

힘을 잘못 얻은 자들은 사람을 죽일 수 있는 자신의 힘에 대해 맹신하게 된다. 그렇기에 누군가를 해하는 것에 거리낌을 가지지 않게 되고, 상대를 상처 입히며 자신이 강하다고 자족(自足)

한다.

"준비됐어요."

소하가 퉤 하고 옆으로 피 섞인 침을 뱉자, 마 노인은 경쾌하게 고개를 끄덕였다.

"그럼 한 판 더 해볼까."

그가 신난다는 듯 앞으로 다가오자 소하는 입을 열었다.

"그럼……"

늘 궁금했던 것이다.

"마 할아버지도 아직 성장할 수 있는 건가요?"

이미 그들은 완성된 무인이라고 생각했다. 천하제일이라 불리지 않겠는가.

그러나.

마 노인은 단칼에 응답했다.

"당연하지."

*   *   *

"슬슬 지겨워지는 참이다. 빌어먹을 꼬마 놈."

마령기는 툴툴대며 광명을 내렸다.

죽인 숫자만 치더라도 벌써 스물을 넘었다.

팔을 잘라도, 다리를 잘라도 계속해서 덤벼오는 통에 오히려 베는 마령기가 질릴 정도였다.

"실력이 없으면 꺼져라."

그는 으르렁거리며 광명을 앞으로 겨눴다. 아직까지도 온몸을 바직거리며 흐르는 내공의 기운, 소하와는 달리 그는 마르지 않는 샘처럼 내공을 쏟아내고 있었다.

그 앞에는 소하가 서 있었다. 얼굴은 피곤한지 핼쑥해져 있었지만, 양 손에는 연원과 광명이 굳세게 붙잡혀 있었다.

"지치시면."

소하는 유쾌하게 말을 이으며 칼을 허공에 휘저었다.

"들어가 쉬셔도 되는데요."

"허어."

마령기의 입가에서 허탈한 웃음이 터져 나왔다.

자신에게 이런 식으로 경망스레 구는 소년을 만나본 적이 언제던가?

아마도 수십 년 정도는 되짚어봐야 할 것이다.

"그렇게도 죽고 싶다면야."

마령기의 두 눈이 번득였다.

천원산에 설치된 절진(絕陳).

쇄령혼개진(灑靈魂皆陳)은 만박자 척위현이 가진 최고의 진법이었다. 환술(幻術)이라고도 할 수 있고, 심지어는 마음을 옭아매는 심령술(心靈術)의 영역까지 닿아 있었다.

"인정하지."

마령기는 광명을 들어 옆으로 휘두른 뒤, 휘적휘적 소하에게로 다가서고 있었다.

"내가 본 놈들 중 네가 제일 건방졌다."

시천마의 힘을 얻기 위해 수많은 이가 천원산으로 찾아왔다.

마령기를 포함해 천하오절의 넷은 자신들의 혼백(魂魄)과도 같은 기운들을 이 진법에 불어넣어 자신들의 분체(分體)를 창조해 낸 것이다.

내공으로 이루어진 그들은 천원산의 영기와 더불어 거의 천하오절 자체라고 할 수 있을 만큼 강해졌다. 그렇기에 이들에게 덤벼들었던 이들은 모두 몇 합을 견디지 못하고 사지의 어딘가가 베인 환각을 맛본 채 도망쳤던 것이다.

소하는 그러나 물러서지 않았다.

오히려 잘됐다는 듯, 자신의 무공을 마령기에게 시험해 보고 있었던 것이다.

"굉천도법이 아주 형편없어. 누가 가르친 거지?"

"할아버지가요."

"내가?"

마령기의 눈살이 일그러졌다. 그들은 자신이 가짜라는 사실을 익히 알고 있다.

그들의 목표는 천원산을 지키는 것. 그렇기에 그는 조금 이상한 기분이 들긴 했지만, 이내 순순히 고개를 끄덕였다.

"진짜 나도 참 머저리 같은 놈이었군. 이런 반푼이만 남겨놓

다니."

소하는 가만히 그를 바라보고 있을 뿐이었다.

"가만히 이야기나 나누기엔 칼이 아깝다."

마령기는 순간 팔을 허공에 그었다.

굉천도법의 도격은 말 그대로 공간을 부순다.

소하는 즉시 마주 오른팔을 휘둘렀다.

콰차앙!

공기가 깨지는 소리와 함께 두 개의 도격이 격돌했고, 소하는 그와 동시에 땅을 짚으며 앞으로 쏘아져 나갔다.

굉천도법을 상대하기 위해서는 멀찍이 피하는 것보다 맞붙는 게 차라리 낫다는 사실을 배운 탓이다.

칼날이 불똥을 튀긴다.

소하의 칼이 어지럽게 허공을 긋자, 마령기는 몸을 비트는 것으로 연원을 피해내며 굉명을 크게 휘둘렀다.

핏물.

소하는 귀가 베여 나가는 것을 느끼며 으득 이를 악물었다.

쇄령혼개진의 환술은 당한 자에게 진짜 고통을 느끼게 만든다.

뜨거운 기운이 얼굴 반쪽에 번진다 싶더니만 뚝뚝 흐르는 핏물이 목을 타고 옷 안쪽으로 스며들어 왔다.

"머리 반쪽을 날리려 했는데."

마령기는 비죽 웃었다.

"제법!"

그와 동시에 도광이 번뜩였다.

한순간에 쳐내는 칠도.

소하는 그것을 막아내며 정신없이 양손을 휘둘렀다.

카카카카카캉!

단숨에 온몸이 저릿거리는 일격들이 오고간다. 천양진기팔식이 아니었다면 단박에 전신이 넝마가 되어버렸을 것이다.

"기이하군. 그건 만박자 놈의 무공인데!"

그는 눈살을 찌푸리며 고함질렀다. 이제까지 그가 천원산에서 보아온 자들 중 가장 특이한 자를 꼽으라면 단연 소하라고 할 수 있었다.

오른손에는 백로검 현암의 백연검로, 그리고 왼손으로는 괭천도 마령기의 괭천도법을 쓴다.

번쩍이는 섬광에 마령기는 인상을 찡그렸다. 소하의 도가검과 어우러지는 동시에 더욱 가속했기 때문이다.

점점 더 강해지고 있다.

소하에게서 느껴지는 것은 바로 그 사실이었다.

거기까지 생각이 닿은 순간 마령기는 으핫, 하고 웃음을 토해냈다.

"좋다!"

그의 입에서 웃음이 그려진 순간 소하는 괭명에 운집하는 어마어마한 기운을 보았다. 그도 익히 아는 기술이 다시 쏘아지려 하는 것이다.

굉천도법의 붕망.

이전 마 노인은 소하를 가르치며 그 초식을 이렇게 표현했다.

"귀찮은 파리들을 날려 버리는 초식."

"맞다! 아무래도 가르친 게 나라는 말이 진짜인 모양이군!"

그와 동시에 기운이 원환으로 운집한 굉명이 내려쳐진다. 절벽이라고 해도 단숨에 반으로 갈라 버릴 수 있을 정도의 경력이 깃들어 있었다.

소하는 그것을 보았다.

붕망이 상대하기 버거운 이유는 바로 피해낸다 해도 그 폭발에 휩쓸려 버린다는 사실에 있었다. 단숨에 사방을 내공으로 짓눌러 버리는데 그 누가 버티겠는가.

그와 동시에 소하의 오른손에서 흰 안개가 피어났다.

파바바바밧!

백연검로의 칠로인 영운로가 펼쳐지자 마령기는 자신의 오른손으로 치달아 오는 연원을 보았다.

베인다.

붕망의 단점은 압도적인 내공을 굉명에 일시에 몰아넣기에 자신의 방어가 허술해진다는 것이었다.

소하는 마 노인이 이전 초식을 가르치며 했던 말을 떠올렸다.

"세상에 완벽한 건 없지. 어느 누구나, 세상 어디에나 약점은 있다."

그것은 마 노인 자신에게도 해당되는 것이었다.

소하는 연원이 마령기의 오른팔을 긁어내는 것에 두 눈을 번득였다.

굉명이 떨어지고 있는 모습이 보인다. 조금만 있으면 소하의 전신은 내공의 폭발에 의해 파열해 버리고 말 것이다.

그 순간 소하는 껑충 뛰었다.

"뭣!"

그에 마령기의 눈이 일그러졌다.

뛰는 것과 동시에 사방에서 일곱 명의 소하가 나타난 것이다.

참고 참았던 내공을 지금 여기서 일시에 분출한다.

"크으으윽……!"

소하의 두 눈이 시뻘겋게 물든다. 과도한 내공의 분출로 전신의 혈관이 터져 버린 것이다.

상처 안에서 핏물이 쏟아져 나오며 이내 전신의 근육이 파열할 듯한 충격이 찾아왔다.

천양진기 십육식.

일찍이 척 노인이 닿았던 바로 그 경지다.

콰르르르릉!

전신에서 태양처럼 분출해 나오는 환열심환의 기운. 그것에 마령기는 눈이 멀 것만 같았다.

동시에 소하의 몸이 나뉜다.

천영군림보의 극의 중 하나인 만방군림(萬方君臨).

번쩍이는 번개가 일었다.

"십이능파의 무공까지……!"

그의 입가에 미소가 깃든다.

이윽고 소하는 전력을 다해 양손에서 펼쳐낸 무공을 마령기에게로 때려 박았다.

*　　　*　　　*

소하는 쓰러져 피를 토해냈다.

"크, 윽……."

아무리 환술이라고 해도 스스로의 몸을 가혹하게 몰아붙인 대가는 당연히 찾아온다.

소하의 눈이 어지럽게 허공을 떠돌았다. 고막이 다 터져 버린 듯 징징거리는 소리만이 머리를 감싸고, 이내 양손에서는 힘이 전부 빠져 연원과 굉명이 스르르 미끄러져 내렸다.

천양진기 십육식은 초인이라는 영역에 달한 자들 중에서도 쉽사리 따라갈 수 없는 경지다.

소하는 그것에 닿은 것만으로도 전신의 근육이 파열했고, 한 번의 일격을 휘두른 것으로 온몸이 망가져 버렸다.

'이건 위험한데.'

죽는 것이야 환술로 다시 살아난다는 것을 알고는 있었지만, 문제는 몸이 죽어버리면 끝이다.

환열심환의 회복력을 믿고 벌인 일이었지만, 전신에서 느껴지는 고통은 정말로 장난이 아니라는 느낌을 강렬하게 전달해 주고 있었다.

"흐."

웃음소리.

소하의 눈살이 가볍게 일그러졌다.

안쪽에서 천천히 마령기의 모습이 드러나고 있었다.

"이것 참."

그는 천천히 자신의 옷자락을 휘날리며 앞으로 향했다.

"상상도 못 했던 일이군."

소하 역시 마찬가지다.

수백 번도 넘게 마령기에게 죽어가며 이전 마령기가 말해주었던 약점을 분석하고 그에게서 무공을 이끌어내 단숨에 약점을 찔렀다.

그랬는데도 아무 의미가 없었다니.

소하는 피를 토해내며 부르르 팔을 떨었다. 일어서려 해보았지만, 몸은 전혀 말을 듣지 않았다.

"울상 짓지 마라."

마령기는 눈을 돌렸다.

"나도 짜증나니까."

"허허, 자네도 놀란 참이 아니겠는가."

목소리가 두 개다.

소하는 놀란 눈으로 앞을 바라보았다.

그곳에는 흰 도포를 두르고 있는 현암의 모습도 함께하고 있었다.

"대단하구나."

현암의 얼굴에 은은한 미소가 걸렸다.

"우리 모두의 힘을 가진 아이라……."

현암은 자신의 손을 내려다보았다. 그가 든 백련은 소하의 공격을 이겨내지 못하고 앞부분이 부러져 있었다.

"이제 인정할 때가 되지 않았나."

현암의 눈이 뒤로 돌아간다.

먼지가 인다.

그곳에는 여전히 뻣뻣한 자세로 서 있는 척 노인이 있었다. 만박자 척위현의 기운으로 이루어진 분체는 천천히 앞으로 나서며 매섭게 중얼거렸다.

"쇄령혼개진을 돌파한 게, 고작 이런 놈이라?"

이것은 척위현이 만든 진법이다. 자신을 대신해 진을 관할하는 이로 분체를 지정했기에, 척 노인의 분체는 마치 척 노인

본인인 양 앞으로 걸어 나오며 소하를 노려보았다.

"천양진기."

그는 천천히 살기를 흘렸다.

"본래의 '나'는 그것을 누구에게도 물려줄 생각이 없었다."

마치 짐승이 으르렁대는 것 같다.

척 노인은 두 눈을 부라리며 소하를 노려보고 있었다.

"시천마가 아니었다면 사라질 무공이거늘."

그의 손이 소하에게로 향한다. 그러나 소하는 아무렇지도 않게 가만히 있을 뿐이었다. 아니, 오히려 익숙하다는 듯 그에게 팔을 가져다 대기까지 했다.

독특한 그만의 진맥(診脈)이다.

잠시 눈썹을 꿈틀거렸던 척위현은 이내 조용히 웃음을 흘렸다.

"나에게서 배운 게 맞는 모양이군."

"아직이다."

굉명이 우르릉 소리를 내뱉는다.

마령기는 아직 끝나지 않았다는 듯 앞으로 나서려 하고 있었던 것이다.

"굉천도, 진정하게. 이 소년은 아마도 우리가 원했던……."

"시천무검!"

그의 입에서 뇌성이 터져 나왔다. 척위현과 현암이 슬쩍 눈살을 찌푸렸지만, 이내 마령기는 손을 내밀며 고함을 질렀다.

"어서 내보여라! 아니면 우리가 시천무검에 대적할 수 없다고 생각하는 것이더냐?"

그것에 모두의 눈이 소하에게로 향했다. 미약한 기대감이 있는 것도 사실이었다.

그러나 눈을 동그랗게 뜨던 소하는 단숨에 그들의 인상이 찌푸려지게 만들 만한 말을 내뱉었다.

"모르는데요."

"뭐?"

마령기는 손을 부르르 떨었다. 그의 얼굴에 주름이 지며 단숨에 내공이 벼락처럼 뻗어나오고 있었다.

"그렇게 거짓말을 해댈 거면……!"

"아니, 정말로 몰라요."

소하가 손을 저으며 말하자 이내 현암이 고개를 갸웃거렸다.

"시천무검을 배우지 않았단 것이냐? 아니면 아직 배우는 도중이라든가?"

"시천마 작자가 제대로 가르치지 않았을지도."

"아니면, 정말로 배우지 않은 것이 아니겠는가?"

"그 작자가 자기 무공을 쏙 빼놓을 리가 없다!"

소하는 번개처럼 오고가는 말들에 고개를 갸웃거리다 이내 힘겹게 손을 들어 올렸다. 서로 티격태격대던 세 명이 멈춘 것은 그다음이었다.

"뭐냐?"

"궁금한 게 있는데요."

소하는 이내 어깨를 늘어뜨리며 푸후 하고 숨을 내뱉었다. 조금 쉬게 되자 몸이 그럭저럭 움직여지고 있었다.

"시천마가 여기에 왜 언급되는 거죠?"

그것이 소하의 가장 큰 궁금증이었다.

그러나 그들은 무슨 소리를 하냐는 듯 소하를 바라보고 있었을 뿐이다.

"왜냐니."

"그거야 당연히……."

척위현은 현암과 마령기의 말을 자르며 음산하게 중얼거렸다.

"시천마가 이곳을 만들었기 때문이다."

"네?"

소하가 이해를 못 하고 있자, 척위현은 짜증이 난다는 듯 눈을 돌리며 중얼거렸다.

"그자가 제안했으니까."

"뭐, 어느 의미로는 우리 모두 찬성했던 게 아니겠는가."

"기분은 나쁘지만."

세 노인은 예전과 같았다. 서로 티격대지만 그래도 그 안에는 서로에 대한 신뢰가 녹아 있는 모습이었다.

"그게 무슨……."

"네놈은 시천마의 제자가 아니냐?"

그 말에 소하는 머리를 한 대 얻어맞은 것만 같았다.

"아, 아뇨! 전……."

급하게 앞으로 나서려던 소하는 자신을 타인처럼 바라보는 세 노인을 보며 고개를 수그렸다.

"할아버지들의 제자예요."

그 소리에 한동안 침묵이 흐른다.

"뭐지?"

척위현의 입에서 목소리가 터져 나왔다.

"뭔가가 달라진 모양이군."

현암도 마찬가지였다. 마령기만이 기분 나쁘다는 표정으로 입을 다물고 있을 뿐이었다.

그러던 중, 마령기는 뚜벅뚜벅 앞으로 나서며 소하의 멱살을 붙잡았다.

"네놈이 우리의 제자라고?"

가볍게 들려 오르는 몸. 천양진기 십육식을 펼치고 난 소하의 몸은 거의 만신창이에 가까운 터였다.

"네."

그러나 눈은 돌리지 않는다.

소하는 알아달라는 듯 당당히 마령기를 마주 보고 있었다.

"네놈. 붕망을 파훼하려 했었지."

마령기의 움직임을 정확히 알고 대응했다. 그러나 소하가 아는 그 약점은 세상 그 누구도 알지 못하는 마령기만의 비밀 중 하나였다.

"할아버지에게 들었으니까요."

그 눈에 거짓은 없다.

잠시 소하를 노려보던 마령기는 이내 손을 놓으며 바닥을 구르는 소하의 굉명을 보았다.

"약속했던 '검'을 가지고 '계승자'가 나타났다."

마령기는 눈을 돌렸다.

"그런데 시천마의 제자가 아니라고 하다니, 뭐지?"

"나도 생각 중이다."

척위현은 소하를 바라보며 입을 열었다.

"시천마가 아니라면, 우리가 어떻게 네놈을 가르치게 된 거지?"

"잠깐, 잠깐만요."

소하는 이해가 안 된다는 듯 고개를 흔들었다. 그들의 말에는 소하가 모르는 한 가지의 전제가 자리하고 있었던 것이다.

"할아버지들이 왜 시천마라는 사람하고 같이⋯⋯?"

쇄령혼개진은 척위현이 만든 진법이라고 했다. 그런데 왜 거기서 시천마의 제자가 언급되는 것인가?

"아무래도 정말 모르는 모양이군."

현암은 기이하다는 듯 고개를 갸웃거렸다. 그리고 이내 수염을 쓰다듬으며 자애로운 목소리로 말을 이었다.

"그가 우리에게 말했던 것이다, 어린 무인아."

"네?"

"천하에서 가장 뛰어난 다섯 개를 모으자."

마령기는 불퉁스러운 목소리로 중얼거렸다.

"시천마는 우리의 무공을 모두 합쳐 하나의 무(武)로 만들고자 했다."

第四章
정상

"크으으윽!"

괴성이 일었다. 땅에 발이 닿는 순간, 주변은 다시 안개로 둘러싸인 뒤다.

곡원삭은 비척거리다 이내 자신의 가슴을 바라보았다.

베였다.

광명은 그의 인지 영역을 넘어 단숨에 섬광이 되었고, 곡원삭의 상체가 빙글빙글 돌며 잘려나간 하체를 몇 번이고 바라보았었다.

신경이 타버릴 것만 같다. 죽음이란 어지간한 정신으로 견딜 수 있는 것이 아니다.

"젠장, 젠장……!"

시천마의 깨달음으로 가는 길이 이토록 험난하다니!

그들이 천하오절이란 사실을 알았을 때, 곡원삭은 어째서 이제까지 그 누구도 시천마의 비동에 접근하지 못했는지 이해할 수 있었다.

그의 선양지를 보는 순간 마령기는 입꼬리를 비틀었다.

쏘아내는 순간 오른팔이 잘려 날아갔고 눈을 크게 뜬 순간 머리가 그대로 도에 꽂혀 뒤로 뜯어져 버렸다.

식은땀이 흐른다.

곡원삭은 자신이 뱉어낸 토사물이 아직도 자리하고 있는 것에 덜덜 몸을 떨었다.

더 이상 가고 싶지 않다.

천원산의 중턱 아래까지 내려와 버린 뒤였다.

'그놈은!'

그의 머릿속에 돌연 소하가 떠올랐다. 찾으려 했지만, 안개 속에 묻혀 찾을 수 없었다.

'이미 도망갔겠지.'

그런 생각이 뭉클 솟는다. 아니, 소하가 여기 없을 것이라는 확신을 얻고 싶은 것이리라.

"괜찮으십니까!"

뒤늦게 도착한 흑연의 조원들은 자신들의 동지가 모조리 참살당한 것에 두려운 눈을 하고 있었다.

곡원삭은 비척거리며 그들에게로 다가섰다.

"큰일입니다."

흑연의 조원 하나가 다급히 그에게 다가왔다.

그리고 그가 속삭인 내용을 듣자, 곡원삭은 머리칼이 거꾸로 솟는 듯한 느낌이 들 수밖에 없었다.

"상관휘……! 그놈들과 손을 잡았나!"

신비공자와의 연합.

천회맹 내에서 단연 큰 화제가 될 수밖에 없었다. 더군다나 이렇게 크게 알려댄다는 것은, 노골적으로 곡원삭을 포함한 전승자들의 자리를 빼앗겠다는 의미나 다름없었다.

"지금 맹으로 가셔야 합니다."

곡원삭의 눈이 위를 바라본다. 안개에 덮인 천원산은 여전히 웅혼한 기운을 내보이고 있었다.

"…알겠다."

곡원삭이 몸을 돌리자, 흑연의 조원들은 시체가 되어버린 동료들을 잠시 쳐다보다 이윽고 곡원삭의 뒤를 따랐다.

안개가 넓게 퍼져가며 다시 산을 덮어나가고 있었다.

*　　　　*　　　　*

"우리가? 철옥에?"

마령기가 인상을 찡그리자, 소하는 더 크게 고개를 흔들어 보였다.

"시천월교가… 결국 그리 했는가."

현암은 수염을 쓰다듬으며 고개를 들어 올렸다.

척위현은 아무 말도 하지 않는다. 그저 아래가 내려다보이는 언덕 위에 고요히 서 있었다.

"무슨 생각이지? 갑작스러운 행동이라니."

소하는 그것에 이들이 언제 적에 고정되어 있는지를 얼추 알 수 있었다.

마 노인을 포함한 셋은, 아마도 천하오절 중 시천마가 무림에 호의적인 행보를 보였을 때의 상황에서 이 진을 만들어낸 모양이었다.

"배신하다니."

마령기의 눈가가 일그러졌다.

그의 목소리는 시천마에 대한 증오로 부글부글 끓고 있었다.

"그래. 뭔가가 이상하긴 했어."

휘적휘적 걸어간 그는 바위에 털썩 주저앉으며 한숨을 내뱉었다.

"그 작자가 우리에게 이상한 요구를 한다 느꼈었지."

"하지만……."

척위현은 흠 하는 소리와 함께 턱을 문질렀다.

"그 연유(緣由)가 궁금하군."

"시천마가 어째서 그리 움직였다고 생각이 되는가?"

현암의 물음에 소하는 고개를 갸웃거리고만 있을 뿐이었다. 그들의 대화는 소하가 알지 못하는 것들 사이에서 맴돌았기 때문이다.

"우리를 전부 거꾸러뜨릴 자신이 없었던 거겠지."

마령기의 퉁명스러운 목소리가 들려왔다.

"아니."

척위현은 단호히 부정했다.

"시천무검은 경세(經世)의 무공. 그리고 시천마 혁무원은… 아무도 비견할 수 없는 천재다."

모두의 무공을 모아도 무리다.

척위현은 그렇게 말하고 있는 것이다. 그것에 마령기의 눈에 살기가 맴돌았고 현암은 눈을 돌릴 뿐이었다.

"그래서 꼬리를 말고 여기에 진법을 세웠다 이건가?"

"…이해가 함께했기 때문이다."

척위현과 시천마 사이에 모종의 이야기가 있었다.

소하는 그것을 눈치채고는 슬쩍 옆으로 눈을 돌렸다. 현암과 마령기는 침묵한 채 머나먼 천원산의 안개를 바라보고 있을 뿐이었다.

"꼬마, 무림은 어떻게 됐지?"

"그건……."

소하는 조용히 자신이 보고 들어왔던 일들을 설명해 주었다. 시천월교의 지배, 그리고 수많은 문파의 멸문과 무림의 세력이 바뀔 정도의 죽음들을 말이다.

그것에 현암은 조용히 눈을 감았다.

"무당 역시도."

"네."

무당파의 이야기를 더 해주기는 싫었다. 그가 죽은 후 일어
난 수많은 권력 싸움을 듣는다면, 현암의 슬픈 표정을 보게
될 것이 뻔했기 때문이다.

"철중방이 망했다고?"

마령기는 큼 하고 헛기침을 냈다.

"월교 놈들이 제법이군."

사파무림에서 가장 큰 세력을 자랑했던 철중방은 시천월교
와의 첫 번째 대전에서 사라졌다. 앞서 나섰던 철은천주의 무
공 앞에 철중방주가 죽었고, 월교의 무리들은 잔혹하게 철중
방을 유린했다.

더욱이 모든 무림을 절망케 만든 것은 바로 절대자에 이른
시천마의 행보였다.

그는 무림의 유명한 고수라는 자들에게 비무를 제안해, 싸
늘한 주검의 산을 쌓았다.

무림제일.

그 이름의 무게를 모든 무림인들이 깨달을 무렵, 결국 시천
월교에 무림은 굴복하며 패배할 수밖에 없었다.

"모두가 죽었겠군."

현암의 목소리가 씁쓸함에 잠겨들었다.

"결국… 시천마는 그러했나."

"우리는."

마령기는 이야기를 듣던 중 소하에게로 고개를 디밀었다.

"우리는 어떻게 됐지?"

"할아버지들은……."

소하의 눈이 흔들렸다.

마치 진짜인 양 살아서 말하는 세 명을 보자, 눈시울이 촉촉하게 젖어 들어왔던 것이다.

"묻지 마라. 굉천도."

척위현은 눈을 번득였다.

"우리는 우리가 할 일을 할 뿐이다."

잠시 멍한 표정을 짓던 마령기는 이내 뒤로 물러서며 천천히 바닥에 주저앉았다. 그 역시 소하에게 그것을 물어봤자 아무 의미가 없다는 사실을 느끼고 있었다.

"이런 빌어먹을."

그는 조용히 중얼거리며 허공을 바라보았다.

"어쨌든, 네놈이 우리의 무공을 배웠다는 건 사실이다."

척위현은 마음에 들지 않는다는 듯 소하를 노려보았다. 그때의 그는, 소하와 같은 아이를 제자로 들인다는 생각을 절대 해본 적이 없었다.

그러나.

"그렇다면."

세 명의 무인이 일시에 몸을 일으켰다.

서서히 안개가 갈라진다.

소하는 앞을 보았다.

굉천도 마령기는 도를 들며 소하의 앞에 섰다.

백로검 현암은 검을 비스듬하게 내리며 온몸에서 흰 기운을 뿜어냈다.

만박자 척위현은 온몸에서 천양진기를 끌어 올리며 소하를 바라보았다.

"네 모든 것을 보여라."

소하는 기운이 쏘아져 오는 것을 느꼈다.

내공은 마치 살아 있는 양 소하를 내리친다.

이전, 노인들과 함께 있었던 그 나날들을 다시 떠올리게 하는 모습이었다.

소하는 바닥에 떨어져 있는 굉명과 연원을 집어 들었다.

전신에 감도는 천양진기의 기운. 소하는 환한 빛을 뿜어내며 굳건히 일어섰다.

척위현의 입가에 피식 미소가 감돈다.

"천양진기만은 상당하게 수련했군. 누가 가르쳤는지 알 수 있겠어."

"자기 자랑하지 마라."

마령기가 인상을 찌푸렸지만, 그는 이내 소하를 향해 굉명을 겨누며 중얼거렸다.

"날카로움이 부족했다."

"네."

"굉천도법은 천하에서 그 누구보다도……."

"자유롭기 위한 무공."

마령기의 눈이 크게 떠졌다. 그리고 그는 크게 너털웃음을 터뜨렸다.

"하하하하! 그래, 맞다! 바로 그거야."

곧이어 현암의 목소리가 뒤이었다.

"백연검로의 마지막을 보았다."

이전 소하가 굉명과 함께 뻗어내었던 것은 바로 마지막 검로인 백연로였다.

그것을 본 현암은 은은한 미소를 입가에 걸치고 있었다.

"드디어 우리의 사명(使命)을 다할 수 있었구나."

사라진다.

소하는 그들이 서서히 허공으로 스러져 가는 모습을 지켜보았다.

"할아버지!"

"너를 보았기에 본인은 다시금 확신할 수 있었다. 어린 무인아."

소하의 외침을 뒤로 한 채, 현암의 검이 허공으로 솟구쳤다.

진정한 백연로.

소하는 여덟 개의 검로가 하나로 뭉쳐 곧게 뻗어져 나가는 것을 보았다.

안개를 가르는 검은 이윽고 서서히 길을 뚫으며 나아가고 있었다.

"우리는 옳은 길을 선택했다는 것을."

현암은 밝게 웃었다.

동시에 소하는 눈을 들었다. 가슴 깊숙한 곳부터 꽉 채워져 오는 고양감. 그것은 이윽고 발을 옮기는 소하의 온몸을 저릿저릿하게 만들었다.

"이별이 아니다."

소하의 망설임을 알고 있기라도 한 듯, 척위현은 자신을 스쳐 지나가는 소하를 곁눈질로 바라보며 중얼거렸다.

"우리는 모두 하나가 되어 있으니까."

"네."

소하는 금방이라도 눈물이 쏟아질 것만 같았다.

겨우 만났는데.

이제야 제대로 이야기할 수 있었는데.

성장한 자신을 보여주고 싶었는데…….

"부단히 노력해라."

마령기는 자신을 지나치는 소하를 보며 히죽 웃었다.

"꿩천도법은 더욱더 강해질 수 있는 도법이니까."

소하가 고개를 끄덕이자 마령기는 짓궂은 웃음을 지어 보일 뿐이었다.

"자유로워져라, 꼬맹아."

그리고.

현암은 빙긋 웃으며 소하를 바라보고 있었다.

"백련이 아닌 검이로구나."

연원을 들어 올린 소하는 조용히 고개를 끄덕였다.

"아마도 그것은 본인의 바람이 담겨 있는 것이겠지."

천양진기를 소화하기에 백련은 모자라다. 철저하게 백연검로와 무상기를 위해 만들어진 검이기 때문이다.

현암 역시도 서서히 연기로 변해 사라져 간다. 이 쇄령혼개진은 이곳에 도착하는 단 한 명을 위해 존재하는 곳이기 때문이었다.

"저는……."

소하는 문득 자신의 소매에 묻은 붉은 핏물을 내려다보았다.

사람을 죽인 흔적이다.

노인들에게 보이고 싶지 않아 무심결에 그것을 뒤로 숨기자 현암은 슬픈 눈을 들어 올렸다.

"무림인이라면 필연적으로 겪어야 하는 일이다."

무기를 들고 싸움에 나서는 자가 어찌 누군가를 죽이지 않을 수 있겠는가.

현암의 손이 따스하게 소하의 어깨에 올려졌다. 서서히 사라져 가면서도, 그는 다정한 미소를 짓고 있었다.

"하지만 그 이후의 행동에 의해 그들의 길은 나눠진단다."

길.

소하는 현암을 올려다보았다.

"저는… 그런… 사람들을……."

용서할 수가 없었다.

구재령의 죽음을 보았을 때 소하는 눈앞이 새하얗게 변하며 머리가 멍해졌었다. 지독한 살의로 인해 제대로 말조차 하지 못할 지경이었다.

"계도(啓導)의 뜻은 없지만, 먼저 살아갔던 경험을 통해 말해주고자 한다."

현암은 조용히 소하를 끌어안았다.

움찔거리던 소하는, 이내 윽 하는 소리와 함께 차올랐던 감정을 내뱉을 수밖에 없었다.

"마음이 아팠겠구나."

울음이 나온다.

참고 참고, 또 참으려 했다.

무섭다.

아프고 고통스럽다.

누군가를 죽이려는 마음을 먹었던 자신이 더욱더 무서워지고 있었다.

그것을 안다는 듯 현암은 다정하게 소하의 등을 두드려 주었다.

가지 말라고 하고 싶었다. 붙잡고 제발 떠나지 말아달라고 외치고 싶었다.

"물으마."

현암은 소하의 어깨를 잡으며 눈을 똑바로 바라보았다.

"네 마음은 아직 그대로더냐?"

주먹을 움켜쥔 소하는, 이내 훌쩍이는 소리를 내뱉은 뒤 눈을 들어 올렸다. 붉어지고 부은 눈이지만, 그 안에서는 강렬한 의지가 맴돌고 있었다.

"네."

올곧게, 마음을 하나로.

현 노인이 말했던 것은 소하의 신념과도 같았다.

"그렇다면 가거라."

길은 어느덧 천원산의 정상으로 향한다.

현암을 포함한 세 노인이 사라져 간다.

"너를 기다리는 이가 있으니."

그는 마지막까지 웃고 있었다.

눈을 비빈 소하는, 이내 천천히 앞으로 걸음을 옮겼다. 그곳에는 사람의 그림자 하나가 그를 기다리고 있었다.

"왔구나."

십이능파 구영무.

그는 이전과 같이 순진한 미소를 지으며 소하를 바라보았다.

"그럼 가자."

구영무의 눈이 위쪽을 향한다.

"정상으로!"

＊　　　　＊　　　　＊

그는 늘 하늘을 바라보았다.

발을 뻗으면 닿을 수 있을 것만 같았다.

그런 생각이 들 때면 늘 초조해져 저도 모르게 땅을 힘껏 디디
곤 했다. 그렇게 뛰어오르면 마치 저 새들처럼 자신도 하늘을 날
수 있을 것 같았으니까.

세상은 무섭다.

어린 동생은 주변의 사람들이 그들을 무어라 부르는지 아무것
도 알지 못했다.

그들은 자식을 버리고 사라진 부모에 대해 기어이 부모마저 자
식들을 버렸다며 혀를 찼다.

그래서 더더욱 웃고자 했다.

동생은 그 말을 들을 때면 울었다. 무섭다며, 엄마가 보고 싶
다고 땅에 엎드려 울음을 쏟아낼 뿐이었다.

그렇기에 그는 웃었다.

동생에게 자신의 감정까지 짊어지게 할 수는 없었기에, 그저
빙긋 웃는 것으로 대신할 뿐이었다.

"그래서 그대는 감정을 숨기는 것인가?"

구영무에게 있어서 처음으로 다가온 말이었다.

늘 어린아이처럼 웃어 소면(笑面)이라는 무명마저 붙었던 그였다.

"그럴지도 몰라."

그러나 이자에게는 그럴 수 없었다. 거친 산을 헤치고 구영무의 뒤를 쫓아 다가온 자.

낡은 넝마를 걸치고 있지만, 산천초목이 그의 존재에 의해 떨고 있었다.

"그렇다면."

남자는 조용히 웃음 지었다. 마른 얼굴, 파르스름하게 난 수염을 어루만지며 그는 구영무를 마주 바라보았다.

"그 힘을 모두에게 보여주는 걸세."

구영무는 눈을 돌렸다.

새파란 하늘이 눈앞에 펼쳐져 있었다. 어느덧 그는 험준한 산마저 순식간에 날아오르듯 등정할 수 있을 정도로 빨라져 있던 것이다.

남자는 손을 뻗었다.

"자네는 소원이 있는가?"

그걸 이루어주겠다는 뜻이다.

구영무는 조용히 절벽 아래의 세상을 바라보고 있었다. 저곳에서는 동생이 돌아올 형을 기다리며 더러운 바닥을 청소하고 있을 것이다.

구영무의 입가에 미소가 감돌았다.

"모두가… 행복하게."

남자는 조용히 그를 바라보았다.

"무릇 사람들은 십이능파가 어리숙하고 모자라다 말하지."

구영무는 순진한 어린아이 같았다. 웃으며 다가서는 그의 모습에 거부감을 가진 이들도 있었고, 심지어 구영무의 행동을 의심해 공격을 가하기도 했다.

누군가를 순수하게 믿지 못하는 무림이기 때문이다.

"하지만."

남자의 몸에서 웅혼한 기운이 뻗어져 나왔다.

그것은 대기를 누르며, 동시에 이 산 전체를 위압하고 있었다.

"그게 정말 어리숙했던 이들의 졸견(拙見)임을 이해할 수 있었다."

남자의 입가에는 희미한 미소가 걸려 있었다.

구영무는 그의 몸에서 뿜어져 나오는 기운이 이 세상에서 그가 보았던 그 누구의 것보다도 강하다는 것을 깨달았다.

"넌 누구야?"

"나 말인가."

남자는 피식 미소를 지었다.

옷 사이로 보이는 단련된 근육, 그리고 허리에는 칼 하나를 차고 있다. 거무튀튀한 칼집에 덜렁 꽂혀 있는 것뿐이지만, 그것만으로도 어마어마한 기운을 뿜어내고 있었다.

"혁무원."

그는 긴 머리칼 사이로 눈을 빛냈다.

"천하제일에 이를 자다."

          *   *   *

빨라진다.

소하는 서서히 구영무의 몸이 자신을 앞서 나간다는 것을
깨달았다. 뒤처지지 않기 위해 속도를 높이기는 했지만 구영
무는 마치 새처럼 가볍게 땅을 튀어 오르며 앞으로 쏘아지고
있었다.

천영군림보의 기본은 장악(掌握)이다.

그만큼 구영무는 주변의 대지를 모조리 자기 몸처럼 밟으
며 나아가고 있었다.

"뭘 봤었어?"

그의 목소리는 여전히 순수하다.

소하가 답하지 못하자 그는 슬쩍 고개를 돌리며 웃었다.

"무림에 나갔잖아?"

이상했다.

소하는 마치 그 시절의 구 노인이 다가와 배시시 웃는 것만
같았다. 그걸 생각하자 절로 가슴 안쪽이 뜨거워지는 기분이

었다.

"여러… 사람을 만났어요."

그와 동시에 발은 더욱 빨라진다.

소하 역시 천양진기를 집속시키며 가속했고 두 명은 단숨에 허공을 가르며 땅으로 올라서고 있었다.

파바바바박!

모래가 튀며 안개가 갈라진다.

백연로가 이루어낸 길은 이윽고 서서히 완만하게 굽어지고 있었다.

"응."

갖가지 일들이 머리를 맴돈다.

구재령의 얼굴이 가장 먼저 떠올랐다.

그의 죽음을 말해줘야 하는가?

그러나 소하는 두려웠다. 구 노인이 그 말을 들었을 때 지을 표정이란… 생각만 해도 무서웠던 것이다.

하지만.

그 순간 대지가 갈라진다.

단순히 무너진 것이 아니라, 몇 장 이상이 찢어져 나가며 입을 쩌억 벌렸던 것이다.

소하는 당황해 눈을 돌렸다.

그곳에는 허공을 밟고 있는 구영무가 보였다.

그가 날아오른다.

마치 자유로운 새처럼 내공을 이용해 가속하며 허공을 밟았다.

천영군림보의 마지막.

답천(踏天).

어릴 적 소하가 그게 가능이나 하겠냐며 믿지 않을 때 그저 실쭉 웃었던 구 노인의 얼굴이 떠올랐다.

그는 정말로 하늘을 날고 있었다.

동시에 소하는 피가 나도록 입술을 깨물었다. 이 뒤를 따라가지 못하면 자신은 영원토록 여기 있을 것만 같았던 것이다.

"망설이지 마."

구영무의 목소리가 귓전으로 스며들어 왔다.

여전히 밝은 목소리로 그는 소하에게 말했다.

"뛰어!"

저도 모르게 발이 나갔다.

소하는 고함을 질렀다.

천원산이 떠나가도록 내공이 섞인 고함을 토해내며 그대로 날아올랐던 것이다.

답천은 소하 역시도 성공을 하지 못한 비법이다.

내공을 싣는 방식, 그리고 그에 따라 자신의 몸을 다루는 방법이 경지에 올라야 했기 때문이다.

하지만 지금 소하의 앞에는 절정에 이른 달인이 있다.

그의 궤적을 따라, 소하는 자신의 몸이 하늘을 걷고 있음을 깨달았다.

숨이 멈출 것만 같다.

그러나 구영무는 즐겁다는 듯 앞으로 나아가며 팔을 휘저었다.

"어디든 갈 수 있어."

동시에 거대한 절벽이 들어온다.

구영무는 마치 깃털처럼 그것을 디뎠고, 가볍게 착지하며 앞으로 뛰었다.

소하는 발을 딛는 순간 몸이 비틀거림을 느꼈다.

구영무의 손이 그의 어깨를 붙잡았고, 소하는 그 덕에 중심을 잡으며 눈을 들어 올릴 수 있었다.

"그게 무공이야."

빙긋 웃는 구영무의 모습. 그와 동시에 서늘한 바람이 뺨을 감싼다.

눈앞에 보이는 것은 안개가 가신 천원산의 봉우리였다.

"무림은 무서웠어."

구영무는 소하를 돌아보지 않은 채 말을 이었다.

"아픈 걸 알고 있는데도."

그의 목소리는 쓸쓸했다.

"다른 사람을 아프게 만들어."

그랬다.

소하는 올라오기 전, 자신에게로 덤벼들던 그 살의의 덩어리들을 떠올려 보았다.

자신 역시도 그러한 것을 가슴속에 품었었다. 구재령을 죽인 이들을 보자 도저히 용서할 수 없을 정도로 분노가 솟구쳐 올랐던 것이다.

"하지만."

그의 손이 허공을 향했다.

쏴아아아아!

빗소리가 인다.

안개는 마치 구영무의 손짓에 반응한다는 듯 서서히 밀려 사라지고 있었던 것이다.

"그럼에도 모두 살아가고 있었어."

소하가 하고 싶었던 말이었다.

"그렇지?"

방긋 웃은 구영무는 천천히 무릎을 구부리며 절벽의 끄트머리에 쪼그리고 앉았다.

작다.

누가 본다면 이 사람이 바로 천하오절의 일인일 것이라고는 생각하지 못할 것이다.

소하는 그의 뒤로 향하며 고개를 끄덕였다.

모두가 살아간다.

소하는 아직도 아이를 낳기 위해 필사적으로 버티던 채 씨의 모습이 기억에서 가시지 않았다. 자신의 소중한 이를 살리기 위해 몸을 아끼지 않았던 이설 역시 떠올랐다.

"만약 모두가 나쁜 사람뿐이었다면……."

구영무는 아래로 보이는 마을을 향해 눈을 돌렸다.

"다들 없어지지 않았을까."

"네."

그는 고개를 끄덕였다. 히죽 웃는 얼굴에는 희미한 안타까움이 감돌고 있었다.

"다들 그걸 알아챘으면 좋겠는데."

악의만이 전부가 아니다.

세상을 이루는 것은 그렇게 단순하고 저열한 것만이 아니다.

구영무는 몸을 일으켰다. 엉덩이를 툭툭 턴 후, 그는 이윽고 천천히 소하 쪽으로 눈을 향했다.

"소하는 이제 알겠어?"

"제가… 어떻게 해야 하는지……?"

"응."

구영무는 방긋 웃을 뿐이었다.

마치 모든 걸 결정하는 것은 소하라는 듯 말이다. 잠시 생각에 잠겼던 소하는 자신의 피 묻은 소매를 묵묵히 바라보았다.

"무서웠어요."

악의에 먹혀 버리는 자신이 두려웠다.

사람을 죽이는 순간 돌이킬 수 없는 잘못을 저질렀다는 사실을 느꼈다.

그러나 멈출 수 없다는 것도 알고 있다.

강해지면 강해질수록 자신의 힘이 대체 어떠한 무게를 지니고 있는지에 대해 선명히 알 수 있었던 것이다.

"그것이 강한 자가 가져야 할 마음이다."

뒤에서 목소리가 들렸다.

그곳에는 척위현이 흐릿한 몸으로 서 있었다.

"진정 강한 자는 자신의 힘에 대해 성찰(省察)해야 한다. 그리고 그것이 얼마나 위협적인 것인지 깨달아야 하지."

그는 휘적휘적 앞으로 걸어왔다. 연기가 되어 허공에 흩날리는 몸. 척위현의 눈이 소하에게로 향했다.

"진법은 끝이다."

동시에.

안개가 사라지기 시작한다.

놀라 고개를 돌린 소하는 천원산을 두르고 있던 안개가 모조리 폭발하듯 허공으로 떨쳐져 나오며 흩어지는 것을 보았다.

동시에 구영무와 척위현 역시 사라지기 시작한다.

"마지막에 와서야 진실을 알게 되다니."

그는 씁쓸하게 중얼거렸다.

"마지막이다, 꼬마."

소하의 눈과 척위현의 눈이 마주쳤다.

"보여다오."

그 말과 동시에 소하는 전신에서 천양진기를 개방했다.

구영무와 척위현의 눈이 옆으로 향하는 순간, 양손으로 굉명과 연원을 붙잡았다.

이대로는 보내기 싫었다.

검이 허공을 가른다.

도가 아름답게 물결친다.

동시에 소하의 몸은 허공에 검무를 그리며 샛노란 태양 같은 기운을 내뿜고 있었다.

보여주고 싶었다.

사라지기 전, 소중한 이들에게 자신의 성취를 알려주고 싶었다.

수많은 초식이 일순간 응축된다.

알 수 없었다.

그저 허공에 한 줄기 빛살이 그려질 뿐이었다.

아주 짧은 시간, 그러나 영원 같은 정적이 맴돌았다.

"허헛."

그것을 본 척위현의 입가에 웃음이 감돌았다.

"맹랑한 놈이로다."

이해할 수 없다는 듯 고개를 설레설레 저은 그는, 이내 만족스러운 표정을 짓고 있는 구영무를 흘깃 쳐다보며 중얼거렸다.

"그래. 우리가 네게 무공을 가르쳤던 건… 그걸 위해서일 거다."

무의식중에 펼쳐낸 일검.

소하는 자신이 무엇을 했는지조차 제대로 깨달을 수 없었다.

하지만 손에는 감각이 남는다.

네 무공이 하나로 합쳐진 모습.

그것이야말로 이들이 진정 원하는 것이었다.

"허무하게 죽지 마라."

서서히 사라져 가며 그는 만족스레 그리 말했다. 이윽고 척위현이 사라지자 소하는 구영무를 쳐다보았다.

"구 할아버지."

그는 미소를 짓고 있었다.

"령아(齡兒)는… 소하에게 고마워했어."

알고 있었다.

슬프게 바닥을 내려다본 구영무는 이내 조용히 소하에게로 다가가 손을 뻗었다.

마치 장하다는 듯, 소하의 머리를 쓰다듬은 그는 이내 원래의 순진한 목소리로 돌아와 웃었다.

"그러니 웃어!"

소하는 그를 바라보았다.

이가 드러나도록 미소를 지은 구영무는 서서히 연기가 되어 사라져 가고 있었다.

그리고 마침내 모두가 사라졌을 때.

소하는 하늘을 쳐다보았다.

맑다.

드넓은 하늘 아래로, 맑은 햇살이 비쳐들고 있었다.

＊　　　＊　　　＊

"으, 으아아아……!"

공포에 질린 한 사람의 입에서 비명이 토해져 나왔다.

눈앞에 펼쳐진 지옥도를 본다면, 아마도 모두가 그러할 것이다.

시산혈해(屍山血海)!

수십의 시신이 어지럽게 땅에 널브러져 있고, 그들의 핏물은 바닥을 잔뜩 적셔 머리가 어지러울 정도로 피비린내를 뿜어대고 있었다.

무림의 근방에서 제법 세력을 떨치던 명영문(明永門)은 하루아침에 모두가 몰살당하고 말았다.

단 한 명에게 말이다.

뒤늦게 명영문을 방문했던 남자는 덜덜 떨며 그 참상을 바라보았다.

문을 열자마자 드러난 풍경에 놀라 넘어져 버렸지만, 그 시산의 가운데에 서 있는 자를 똑똑히 볼 수 있었다.

넝마를 걸친 듯 다 삭아버린 옷이다.

옥안(玉顔)이라 할 만큼 잘생긴 얼굴이지만, 붉은 핏물이 점점이 뺨에 튄 데다 그의 몸을 두르고 있는 검붉은 기운 때문에 두려운 분위기가 가득했다.

양손에 핏물을 가득 적신 채, 손에는 칼 한 자루가 쥐어져 있다. 그렇게나 많은 자를 베었음에도 칼의 예기는 전혀 상하지 않은 상태였다.

만약 남자가 조금 더 일찍 명영문을 방문했다면 그는 괄목(刮目)할 만한 일을 목격했을 것이다.

칼에 맞는 순간 모조리 잘려 나간다. 잘린 칼들은 모두 반쪽이 되어 땅을 뒹굴고 있었다.

잘려 나간 몸들도 마찬가지다. 남자는 주인을 알 수 없는 팔들이 섬뜩하게 굴러다니고 있는 것을 보고는 숨을 삼켰다.

온몸에서 폭발적인 기운을 뿜어내던 자는, 이윽고 천천히 고개를 돌렸다.

"흐, 흐으윽……!"

남자의 입에서 울음이 터져 나왔다.

두 눈에서 광망(光芒)을 번뜩이며 다가오는 그의 모습에 그만 참을 수 없었던 것이다.

도망치려고도 해보았지만, 이미 풀려 버린 두 다리 탓에 아무엇도 할 수 없었다.

"사, 살려……."

"내가 누구냐."

젊은 목소리가 흘렀다.

남자가 당황해 눈을 들자 그곳에는 검붉은 기운을 피워내고 있는 자가 검을 내린 채로 서 있었다.

"대답해라."

"예……?"

멍청한 표정을 지은 순간, 머리 위로 칼이 날아들었다.

퍼석!

남자의 머리를 단숨에 쪼개 버린 뒤, 그는 천천히 눈을 돌렸다.

"하, 흐흐흐… 흐흐흐흐!"

입가에서는 주체할 수 없는 웃음이 터져 나온다. 자신이 저질러 놓은 참상(慘狀)이 즐거워 어쩔 줄 모르겠다는 듯이 말이다.

"건방진 새끼들."

그는 앞으로 나서며 조용히 한 남자의 머리를 밟았다. 고통스러운 표정으로 죽어 있는 자, 명영문의 문주였다.

주변을 헤매던 그가 명영문에 들어서 밥을 요구했을 때, 명영문주는 따스히 그를 받아주었다. 든든히 먹을 밥과 옷을 챙겨주고, 노잣돈까지 마련해 줄 정도였다.

"나를 동정해?"

그것이 마음에 들지 않았다.

그래서 명영문주의 딸을 단숨에 반쪽으로 만들고, 비명을 지르는 그녀의 어머니를 찔러 죽였다.

명영문의 모든 이를 죽이는 데에는 얼마 시간이 걸리지 않았다.

그는 큭큭 웃으며 고개를 흔들었다. 주체할 수 없는 기운이 연기처럼 뭉게뭉게 피어나고 있었다.

"…그 힘."

목소리에 남자는 눈을 돌렸다.

눈앞에는 녹색 가면을 쓴 사내가 서 있었다. 그러나 이미 그의 접근을 알고 있었던 터라, 피 칠갑을 한 남자는 서서히 검을 들어 겨누었다.

"다음으로 덤빌 놈이냐?"

"경천(驚天)의 무공을 소유하신 분께 어찌 그러할 수 있겠습니까."

그리고 뒤에서 한 남자의 모습이 드러났다.

신비공자 단리우는 여전히 알 듯 모를 듯한 미소를 지으며 서 있었다.

"혁월련 대협."

그 이름에, 이전 소천마라고도 불렸던 혁월련은 인상을 찡그렸다.

"넌 뭐지?"

자신을 아는 이는 극히 드물다. 시천월교가 몰락한 지금은 더욱 그럴 것이다.

"당신을 찾는 분이 계셨습니다."

그리고 녹색 가면의 남자는 조용히 자신의 가면을 벗었다.

조금 수척해지고 수염이 생겼지만, 그 단련된 듯한 눈은 여전히 그대로였다.

"성 아저씨."

혁월련은 히죽 미소를 지었다. 그곳에 있는 건, 이전 시천월교의 만검천주이기도 했던 성중결이었던 것이다.

"오랜만에 뵙습니다."

그는 포권하며 고개를 숙였다.

"교주."

시천월교는 몰락했다.

장로들 중 일부가 배신했으며, 천망산은 붕괴했고 교원들은 대부분 그곳에서 죽고 말았다. 잔당이라고 해봤자 모두 도망쳐 다니며 겨우겨우 살아가고 있는 참이었다.

그러나 혁월련은 성중결의 그 말이 마음에 들었다.

"당신이 가진 그 힘."

단리우의 말이 뒤따랐다.

"그것이야말로… 세상을 제패(制覇)할 수 있는 힘이라고 생각합니다. 혁 대협."

"어쩌자는 거지?"

성중결은 조용히 주변을 둘러보았다.

모조리 죽었다. 도망치는 이를 즐겁게 쫓아다니며 괴롭히다 죽였고, 심지어 땅에 쓰러져 비는 이의 머리를 그대로 반쪽으로 만들기도 했다.

"그분의 힘을 얻으셨군요."

그러나 알 수 있다.

패악스러운 움직임이었지만 그 안에 깃든 묘리는 여전히 신비롭다.

혁월련의 입가에 기세등등한 미소가 깃들었다.

"네, 그렇죠."

잔혹한 웃음에 단리우는 고개를 끄덕였다.

"당신이야말로 새로운 하늘에 어울리는 분입니다."

그는 한 걸음을 앞으로 내디뎠다.

단리우를 바라보는 혁월련의 눈에는 여전히 알 수 없는 광기가 맴돌고 있었다.

"내가 누구지?"

그 말.

잠시 그를 바라보던 단리우는 이윽고 공손히 고개를 숙이며 말을 이었다.

"이 세상 모두가 굴복한 인물."

혁월련의 입가에 웃음이 깃들었다.

"천마(天魔)."

"흐, 흐흐."

혁월련은 어깨를 떨며 웃었다.

"그럼, 뭘 하라는 거지? 내게?"

"그저 저희와 함께 행동해 주시면 됩니다. 오히려… 저희가 당신을 모실 수 있게 해주시면 좋겠군요."

마음에 드는 말이다.

그 감언(甘言)에 혁월련은 고개를 끄덕였다.

피범벅이 된 곳에서 걸어 나오며 그는 눈을 번뜩였다.

"하지만 아직 무공을 갈무리할 시간이 필요할 겁니다."

성중결이 조용히 말을 덧붙였다. 마치 거대한 폭탄처럼 혁월련의 몸에서 흘러넘치는 힘을 느꼈기 때문이다.

"아, 실제로 사람을 죽여본 적이 얼마 없어서요."

혁월련은 손목을 흔들며 비릿하게 웃었다.

"여기 놈들은 연습거리도 안 돼서 의미가 없네요."

그렇기에 죽였다. 자신을 내려다보는 놈들은 단 하나도 살려두기 싫었다.

그런 혁월련을 잠시 바라보던 성중결은 무겁게 고개를 끄덕였다.

"예, 한동안 이쪽에서 준비한 무관을 이용하시죠."

"흠……."

혁월련은 고개를 들어 단리우를 바라보았다.

"얼마 정도는 그쪽을 따라주지."

"영광입니다."

단리우의 목소리에 혁월련은 코웃음을 치고는 걸어 나갔다.

그 뒷모습에 성중결은 눈을 가늘게 뜨며 작은 한숨을 내쉬었다.

"조금 시간이 걸리겠지만… 이 세상을 바꾸기에는 충분하겠군요."

단리우는 부채로 얼굴을 가리며 뒤이어 중얼거렸다.

"재미있겠어요."

第五章
귀향

성원(星園)이라는 곳이 있다. 비록 사람들이 많이 나다니는 곳은 아니지만, 제법 주민들도 사는 곳인 데다 인근에는 사천이 근접해 있어 부호들도 느긋한 여유를 즐기기 위해 둥지를 틀곤 하는 곳이다.

이곳엔 무가(武家)가 얼마 없었기에, 살고 있는 사람들은 대부분 무림과 자신들을 연관시키지 않았었다.

이것이 대략 몇 년 전의 일이다.

그러나 지금은 성원의 거리에 수많은 무인이 북적이고 있었다.

노점을 열던 상인들은 부랴부랴 자신의 가판을 챙겨 도망치고 있었고, 어머니들은 아이를 숨기며 방 안으로 들어갔다. 주변의 무인들이 얼마나 사나운 이들인지 알기 때문이다.

그들 중 가장 앞에 선 자가 있었다. 최근 들어 성원에 자리를 잡은 자다. 옆에서는 깃발을 든 부하 두 명이 잽싸게 뒤따르고 있었는데 다들 흉악한 눈으로 주변을 둘러보는 데에 여념이 없었다.

천하철중(天下鐵重).

그리 써져 있는 깃발이 몹시도 자랑스럽다는 듯 무인들은 그것을 올려다보며 고함을 질렀다.

"철중방의 어르신들이 오셨다!"

괴성.

그와 동시에 아이들이 울음을 터뜨린다. 여기서 행패를 부리던 그들에게 필사적으로 빌던 남자 하나가 흠씬 얻어맞고 땅바닥을 빌빌 기어 다니는 것을 보았기 때문이다.

"철중방은 무슨."

구석에 있는 가게에서 한 소년이 인상을 찡그렸다.

이제 갓 어른이 되어가는 나이로 보이는 그는, 자신감에 넘치는 눈과 건장한 몸을 지니고 있었다.

"그냥 무뢰배들이지."

"쉿, 들려."

그 옆에서 여자아이 하나가 다급히 손사래를 쳤다. 그들이 얼마나 무서운 이들인지 알기 때문이다.

"시천월교한테 철중방이 망한 건 세상 모두가 아는데 무슨 헛소리를 하는 건지."

소년은 콧방귀를 뀌었다. 그러고는 고개를 바짝 숙인 숙수와 손님들을 한심하다는 듯 바라보고 있었다.

"목연(木硯)!"

기어코 소녀의 입에서 날카로운 소리가 튀어나왔다. 소년이 지금 도가 지나친 말을 하고 있었기 때문이다.

"네가 그러면 그럴수록 어르신이 힘들어져!"

"저쪽은 그냥 수가 많을 뿐이야."

소녀의 입에서 한숨이 튀어나왔다. 아무리 무공을 익혔다고 하지만, 자신을 과신하는 건 좋지 않다.

"언니가 오실 때까지 기다려. 그 대협들이 오시면……."

소녀의 말에 목연이란 소년은 마음에 들지 않는다는 듯 칫 소리를 내뱉었다.

자신이 저들을 단숨에 거꾸러뜨려 이 성원을 구해내고 싶다는 마음이 눈에 가득 담겨 있었다.

그러던 중.

"어이!"

쾅 소리와 함께 나무 문을 박차고 들어오는 한 무인의 모습이 보였다. 굵은 팔에는 철도 하나를 움켜쥐어져 있었고, 이미 한 손에는 전낭이 들려 있는 터였다.

"상납금을 낼 시간이다."

"나, 나으리들… 사흘 전에 드린 걸로 이제 저희도 거지가 되어갑니다……."

"어허!"

숙수의 곤란한 목소리에 무인은 철도를 내려쳤다.

콰직 하고 부서지는 나무 탁자. 그것에 숙수가 얼굴이 창백하게 질리자, 무인은 당당하게 말을 이었다.

"이렇게 되고 싶다면 말리지는 않겠다. 감히 철중방의 행사에 말대답을 해?"

그 순간.

무인은 자신의 턱으로 달려드는 발을 보았다.

"뭐, 뭣!"

투칵 소리와 함께 그를 올려 찬다. 목연은 단숨에 발을 뻗은 뒤 그 반동으로 몸을 휘돌리며 들어 올린 발을 채찍처럼 내려쳤다.

콰악!

사내는 머리를 얻어맞자 바로 기절해 버린다. 그것에 소녀는 난감하다는 듯 하아 하고 한숨을 내뱉었다.

"너……."

"곤란한 이들을 구하는 게 무림인이지."

목연은 당당하게 가슴을 펴며 쓰러진 남자의 머리를 짓밟았다.

"이런 놈들은 당해도 싸."

"이놈!"

그때 뒤쪽에서 소리가 들려왔다. 동료가 얻어맞은 것을 보고는 분노한 두 명의 무인이 달려들기 시작한 것이다.

그에 목연의 손이 빠르게 휘둘러졌다.

퍼버버벅!

두 명이 목줄기를 얻어맞고는 허공을 난다.

그들은 탁자를 전부 엎어뜨리며 벽에 몸을 처박았고, 한 명은 꼴깍 늘어지기까지 했다.

"역시."

목연은 손을 툭툭 털며 고개를 저었다.

"입만 산 놈들이었어."

그는 거창하게 자세를 잡은 뒤 손을 까닥이고 있었다.

"더 없나?"

그것에 무인들은 당황한 표정을 지었다. 철중방의 깃발을 들고 행패를 부리긴 하지만, 그들의 실력이 진짜 무림인에 비하기에는 모자라단 것을 알기 때문이다.

그러나 그들도 비빌 구석이 있었다.

"혀, 형님!"

한 명의 외침에 뒤쪽에서 거한 한 명이 모습을 드러낸다. 아까 전부터 맨 앞에서 걸음을 옮겼던 자였다.

얼굴에는 칼자국이 뱀처럼 솟아올라 와 있고, 옷이 꽉 조일 정도로 근육이 팽팽하다. 그 기운에 소녀는 저도 모르게 인상을 썼다.

"모, 목연아. 잠깐……."

"흥!"

목연은 크게 코웃음을 치며 내공을 끌어 올렸다. 그와 동시에 그의 몸에서 은은한 내공의 빛이 손과 발에서 언뜻언뜻 비치기 시작했다.

"내, 내공이다."

"세상에."

무인들이 당황하는 모습이다. 그들은 상상도 할 수 없는 내공의 외출(外出)을 선보이고 있기 때문이다.

"지금이라도 엎드려 빈다면 목숨은 살려주지."

목연의 당당한 목소리에 뚱한 표정을 짓고 있던 거한은 손을 들어 뒷머리를 긁적였다.

"이런 어린놈한테 그런 말을 듣기도 오랜만이군."

그는 이윽고 주먹을 꽉 쥐며, 위협스레 그것을 허공에서 흔들었다.

"후회할 거다, 꼬마."

"내가 할 소리!"

목연은 기세 좋게 땅을 박차며 쏘아져 나갔다.

그가 수련한 사문의 독문무공인 연련각(硏鍊脚)이 눈부시게 펼쳐지며 각영(脚影)이 눈을 어지럽혔다.

자신의 내공을 극한까지 끌어 올려 날린 일격이다.

바위에도 금이 가게 했었기에 목연은 저 거한이 단숨에 팔이 부러지며 나가떨어지리라 확신했다.

동시에 그의 몸에 거뭇한 기운이 휘돌지 않았다면 말이다.

"위험해!"

소녀의 고함과 동시에, 목연은 거대한 쇠뭉치가 자신의 얼굴로 날아드는 기분이 들었다.

콰자자작!

세상이 단숨에 휘돈다. 목연은 날아가 그대로 벽에 부딪치며 땅으로 미끄러지고 있었다.

비명조차 내지 못한다. 자기가 지금 무슨 일을 당했는지 모르기 때문이다.

"너 같은 애송이에게 흑철괴공(黑鐵塊功)을 사용한 게 좀 부끄럽긴 하다만……."

이윽고 거한의 입가에 비릿한 웃음이 흘렀다.

"팔다리를 다 부러뜨려 놓으려면 이게 최고거든."

그에 이어 뒤쪽에 있던 무인들이 카하하 웃어대기 시작했다. 자신들이 모시는 형님이 질 것이라고는 전혀 생각지 않았기 때문이다.

"꺼, 꺼흑……."

목연은 핏덩이를 토해내며 비틀거렸다. 내공으로 몸을 보호하려 했지만, 너무나 빠른 주먹이 단숨에 그의 뺨에 틀어박혀 버렸다.

"엎드려 빌어봐라."

거한은 한 걸음 다가서며 피식 웃었다.

"그럼 살려줄지도 모르니까."

그는 뚜둑뚜둑 소리가 나도록 손가락을 쥐었다 펴고 있었다.

그것에 소녀가 달려 나와 앞을 막는다.

"이건 또 뭐야. 계집?"

거한의 목소리에 무인들이 웃음을 터뜨리기 시작한다.

"치마만 찢어도 비명을 지르겠구만!"

"아니, 너무 어린애 아닙니까, 형님?"

거한은 픽 웃으며 주먹을 휘저어 보였다.

"똑같이 되고 싶나?"

"흑철괴공은… 철중방의 무공이죠."

소녀는 목소리가 덜덜 떨리는 것을 필사적으로 숨기며 말을 이었다.

"사도명문 철중방이… 왜 이런 곳에서 사람들의 돈을 갈취하고 있는 거죠?"

"그건 옛날이지."

거한은 심드렁하게 그리 되받으며, 주먹을 들어 올렸다. 이미 여자를 죽여본 적이 수두룩하게 많았던 그였기에, 소녀를 단숨에 핏덩이로 만들 마음이 충만했던 것이다.

"세상이 바뀌었다는 걸 모르는군!"

고함과 동시에 쏟아지는 손에 소녀는 저도 모르게 으득 이를 악물며 전신의 내공을 개방했다.

은은한 녹색으로 물드는 두 손. 그녀는 자신이 익힌 비형청사공이라는 무공을 쓰며 그 공격에 저항하려 했다.

하지만.

"아아아악!"

비명과 함께 머리채를 붙잡히는 소녀의 모습.

거한은 주먹질을 하는 척 그녀에게 손을 뻗다, 소녀가 방어하려 하자 즉시 팔을 돌려 머리를 붙잡아 버린 것이다.

아픔에 소녀가 비틀거리자 거한은 그녀를 장난감처럼 이리저리 휘두르며 비웃었다.

그것에 목연이 필사적으로 일어나려 했지만, 그는 이미 짚은 팔이 부들부들 떨릴 정도로 충격을 이기지 못하고 있었다.

"뭐야, 이년은 뭐 잘난 것도 없구만."

"옷이라도 벗기십쇼!"

"그거 재밌겠구만!"

수하들의 말에 거한은 픽 웃으며 그녀의 옷으로 손을 뻗으려 했다.

"저기요."

뒤에서 들려온 말이 아니었다면 말이다.

모두의 눈이 뒤쪽으로 향했다. 웃는 무인 틈에 끼어 있는 한 소년이, 순진한 얼굴을 들이밀며 안으로 들어서고 있었다.

"여기가 성원 마을이 맞나요? 워낙 달라져서……."

그것에 몇 명의 무인이 뭐냐는 표정을 지었다.

"이놈! 넌 또 뭐냐!"

도가 날아든다. 단숨에 소년의 머리를 가르고 붉은 피를 튀게 만들 것만 같았다.

카악!

그러나 펼쳐진 광경에 모두의 눈이 휘둥그레졌다.

소년은 손가락으로 도를 막아내며, 천천히 그것을 옆으로 치우고 있었다.

까가가강……!

도신이 휘어진다. 자신의 칼이 엿가락처럼 휘어진 모습에 그 무인은 멍한 표정을 지어 보일 뿐이었다.

"달라진 것도 별로였는데."

소년의 눈이 앞으로 향해 얼굴이 피투성이가 된 목연과 머리채를 잡혀서 아파하고 있는 소녀의 모습에 이르렀다.

"못난 사람들이 여기에도 있네."

그와 동시에 소년의 옆에 있던 네 명의 무인은 턱에 알 수 없는 충격을 받았다.

쿵!

네 명의 몸이 단숨에 쓰러지는 것에 당황한 셋은 무기를 꺼내 들려 했다.

그러나 또다시 보이지 않는 일격이 그들을 쓰러뜨린다.

"뭐, 뭐지?"

"잠깐!"

그것에 거한이 고함을 내질렀다. 그는 지금 소년이 무엇을 했는지 알고 있었기 때문이다.

"뭐냐, 네놈. 어디 문파지?"

"알아서 뭐하시게요?"

소년의 반문에 거한의 인상이 구겨졌다.

"혓바닥이 맹랑한 놈이군. 얻어터져 봐야……."

파악!

거한의 손이 튀어 올라간다.

그는 반사적으로 흑철괴공을 펼쳤지만, 느껴지는 고통에 당황해 부하들 쪽으로 물러설 수밖에 없었다.

어느새 뒤쪽에는 소녀의 몸을 내려놓고 있는 소년이 있었다.

"아프겠다."

머리를 붙잡혔던 소녀는 어느새 자신이 풀려났다는 것을 깨닫고는 어안이 벙벙한 표정을 짓고 있었다.

"아마 금 누나가 말한 사람이 당신들인가 보네요."

그렇게 말한 소년은 이윽고 몸을 돌려 이들을 바라보았다.

그의 눈에는 영 마음에 들지 않는다는 감정이 맴돌고 있었다.

"우리는 철중방이다! 감히 어디 앞이라고……!"

"미안한데 빨리 끝낼게요."

소녀는 그제야 소년이 등에 뭘 짊어지고 있는지를 알 수 있었다. 허리에는 칼 한 자루를, 등에는 도 한 자루를 차고 있다. 특이한 모습이다.

그러나 무기에 손을 뻗지 않는다.

"집에 가야 하거든요."

소년.

소하는 여전히 무표정한 얼굴로 양손을 들어 올리고 있었다.

＊　　　＊　　　＊

사도명문 철중방은 방주가 누구냐에 따라 각기 다른 무공의 성향을 보인다. 시천월교와의 싸움 이후 잔존 세력만이 남아 힘겹게 살아왔던 상황에서 철중방원들은 서서히 갈라져 흩어지기 시작했다.

지금 소하의 앞에 서 있는 묵완(墨腕)이라 불리는 이도 그와 같았다.

철중방이 사라진 뒤 자신이 가진 무공을 가지고 이곳저곳을 돌아다녔지만, 이런 조그마한 도시에서 왈패들을 이끌고 다니는 것에 만족하고 있었다.

그는 철중방에서도 꽤나 유명한 자였다. 그렇기에 방금 전

덤벼들었던 목연이 꽤나 상승무공을 가졌음에도 불구하고 일격에 쓰러져 버린 것이다.

그는 인상을 와락 찌푸렸다.

'뭐지?'

분명 네 명이 날아갔다. 그런 광경을 보고서도 여전히 소하를 아이 취급하는 건 바보나 할 일이다. 그러나 소하를 탐색하던 묵완은 뭔가가 이상하다는 것을 느꼈다.

소하에게서는 흔히 고수에게서 느낄 수 있는 비범한 기도가 느껴지지 않는다. 짊어진 무기가 좀 광장해 보이기는 하지만 그것마저도 뽑지 않고 있었다.

'흠… 어린놈이라고 방심할 수도 없고.'

묵완은 생각보다 냉정한 자다. 그렇기에 그는 방주의 복수를 부르짖으며 시천월교에서 돌격하는 철중방원들을 한심하게 바라보았고, 그들 모두가 비참하게 죽어 쓰러지자 얼른 도망쳐 꼬리를 잘라내기도 했다.

"너희."

묵완은 결국 생각을 정리했다. 지금 본 것들로 잘 확인할 수 없다면… 시험해 보면 그만이다.

"가라."

그 말과 동시에 두 명이 칼을 뽑아 들었다. 챙 하는 소리와 함께 은빛의 칼날이 햇빛을 머금기 시작했다.

달린다.

동시에 묵완의 눈이 가늘어졌다.

소하의 움직임을 보고 그의 무공을 유추해 내려는 것이다.

하지만.

콰각!

한 명이 허공으로 쏘아져 올랐다.

지붕에 머리를 부딪치더니만, 다시 땅으로 떨어져 우당탕 소리를 내며 굴렀다.

'뭐야.'

묵완은 이해할 수 없었다.

소하가 움직이는 동작이 보이지 않았다. 눈을 깜박이는 순간 소하는 다리를 들어 올리고 있었고, 턱을 얻어맞은 남자는 이미 기절했는지 눈자위를 하얗게 뒤집고는 땅을 구르고 있었다.

"이익!"

휘두르는 칼.

소하는 그것을 손등으로 받아내며 반동을 이용해 한 번 튕겼다.

쩌어어엉!

그러나 효과는 대단했다. 온몸으로 전해지는 충격에 튕겨 나간 남자는 객잔의 입구 쪽으로 날아가더니만 땅바닥을 몇 번이고 구르는 중이었다.

상상도 못 한 광경에 목연과 소녀는 입을 쩍 벌리며 놀랄 뿐이었다.

"남은 건……."

소하는 천천히 앞으로 걸음을 옮겼다.

"셋이네."

"자, 잠깐……!"

묵완은 신경이 곤두서는 것을 느꼈다.

이놈은 고수다! 그것도 자신의 상상을 초월하는 고수!

그렇기에 묵완이 아무것도 느끼지 못한 것이다. 자신의 상
식선을 완전히 초월한 존재였기에 기운을 알아채는 것마저 불
가능했던 것이다.

그러나 이미 허공을 가르며 소하의 발이 날아들고 있었다.

늘 다른 이들에게 으스대던 팔이다.

흑철괴공을 사용하면 마치 쇳덩이처럼 단단해지는 그의 팔
은 들어 올려 소하의 공격을 막아내는 순간 우드득 소리가 나
며 부러졌다.

콰콰콰콰쾅!

소하의 발이 잔영을 남기며 허공을 갈랐다.

그는 어느새 공중에 뛰어올라, 묵완에게 발길질을 날리고
있었던 것이다.

묵완은 비명도 지르지 못한 채 땅을 나뒹굴었다.

고요가 맴돈다.

소하는 벌벌 떨고 있는 남은 둘에게 눈을 돌렸다.

"다시 여기 오지 마요."

"예, 예! 알겠습니다!"

"이 사람들 데려가고요."

"옛!"

두 명이 잽싸게 다른 이들을 부축하기 시작하자, 소하는 툭툭 옷자락을 털고는 몸을 돌렸다.

"괜찮아요?"

"아, 네……."

소녀는 멍한 표정을 짓다 황급히 자세를 일으키며 포권했다.

"으, 은혜에 감사드립니다! 대협!"

소하는 머쓱한 표정을 지었고, 그녀에게 손사래를 친 뒤 다가가 목연의 상태를 살폈다.

"금 누나가 저보다 더 잘 봐줄 것 같으니, 여기서 눕혀놓고 기다리죠."

"저, 금 누나란 분이라면 하연 언니를 말씀하시는 건가요?"

소녀는 조심스레 말을 꺼냈다. 소하가 누군지는 모르겠지만, 자신의 사문에 관련된 사람을 안다는 것이 당황스러웠던 것이다.

"네, 아마 곧……!"

"연사(演娑)야!"

큰 외침과 함께 뒤쪽의 문에서 사람들이 등장한다. 거기 서

있는 한 명을 본 순간, 연사라는 이름을 가진 소녀는 눈물이
그렁그렁 맺혔다.

"언니!"

그곳에는 이전 소하와 면식이 있었던 내월당의 금하연이 숨
을 헐떡이며 서 있었다.

　　　　　＊　　　　　＊　　　　　＊

"이 소협분하고는 이번에 또 우연히 만나게 되었어."

"벌써 세 번째라니, 대단한 일이지."

그녀의 옆에 서 있던 장처인은 호탕하게 웃으며 술을 들이
켜고 있었다.

비원동을 나온 소하는 문득 자신의 집에 한번 돌아가고 싶
다는 생각이 들어 걸음을 옮겼었다. 노인들의 그림자가 여전
히 머릿속에 남아 있기에 그러한 것이었는지도 모른다.

그러던 중 성원으로 가는 길목에서 금하연을 만났다.

자신의 사매가 그곳에 있는데, 아무래도 큰일에 휘말릴 것
만 같다는 말을 하며 도움을 청했다. 그래서 먼저 가본 소하
가 아슬아슬하게 두 명을 구할 수 있었던 것이다.

"목연이는… 그래도 금방 일어날 거야."

얻어맞기는 했지만 내공의 방호가 있었기에 그렇게까지 큰
상처를 입지는 않았다. 그 말에 연사는 진심으로 안도하며 고

개를 수그렸다.

"죄송합니다. 내월당의 무공을 갖고서도……."

"그자는 철중방의 일원이랬지 않소? 흑철괴공이라면 절세의 신공이라 불렸던 것이지. 괘념치 마시게."

장처인은 사람 좋은 미소를 보이려 노력하며 그리 말했다. 평소 그가 여자들의 관심을 얻기 위해 필사적으로 그리하는 것을 아는 금하연은 한숨을 내쉬며 소하에게로 눈을 돌렸다.

"정말 감사드려요, 유 대협."

소하의 무명은 이미 무림에 은근하게 알려지고 있었다.

이름을 알 수는 없지만, 굉명의 주인이라 불리는 무인. 더군다나 갑작스레 무당파의 싸움 이후로 얼마 동안 모습을 감췄기에 더더욱 그랬다.

"그 굉명지주가 바로 유 대협이었다니, 이건 대단한 운명일세."

소하는 장처인의 태도가 상당히 유해진 것에 어색한 웃음을 지을 수밖에 없었다.

그의 무기가 천하오절의 것이라는 사실을 알자 장처인은 처음에는 질투하는 듯 말도 별로 걸지 않았지만, 차츰차츰 소하를 인정해 가더니만 결국 이런 식으로 친근하게 말까지 하고 있었다. 어느 쪽이나 소하에게는 어색한 일이다.

결국 소하는 몸을 틀며 객잔 너머를 바라보았다. 꽁지를 말고 도망친 철중방의 인물들 때문에 마을 사람들은 상당히 얼떨떨한 표정을 짓고 있었다.

"이걸로 끝이 아닐 거예요."

소하가 조용히 중얼거린 말에, 연사는 아차 하는 생각이 들었다. 소하가 그들을 격퇴해 준 것에 기뻐만 하고 있을 때가 아니란 사실을 깨달은 것이다.

소하가 떠나면 마을의 사람들은 그 분풀이를 당할지도 모른다. 그 사실을 여실히 알고 있었던 소하는 천천히 눈을 돌려 마른 흙으로 덮여 있는 대로를 바라보았다.

"그 사람들은 언제부터 온 건가요?"

"아, 예. 그, 그게… 아마 일 년 정도쯤 전일 겁니다."

소하가 철옥에 갇히고 나서 어느덧 꽤나 시간이 지났다. 대략 오 년에서 육 년쯤 되었을까?

소하는 그런 생각에 기분이 절로 착잡해지는 것만 같았다.

"무례한 놈들이로군. 어찌 이런 선량한 사람들이 사는 마을을 괴롭힐 수 있단 말인가."

장처인은 주먹을 붕붕 휘두르며 분노를 표했다. 당장 자신의 앞에 있었다면 혼쭐을 내놓았을 것이라는 태도였다.

"그런데 어째서 철중방의 일원들이 이런 곳으로 온 건가요?"

금하연은 문득 의문이 들었다. 골목대장 노릇을 하고 싶었을 수도 있겠지만, 묵완 같은 무공을 지닌 이가 그러기에는 조금 이상한 느낌이 전해져 왔던 것이다.

"그… 요즘 여러 가문에게 돈을 빼앗고 있는 모양입니다."

성원은 부자들이 근역에 살고 있는 마을이다. 그렇기에 이 마을 사람들도 먹고살 수 있었던 것이다.

그러나 철중방의 등장으로 몇 명은 이사를 간 데다 밖으로 나와 돈을 쓰지 않으니 다들 시름시름 앓을 수밖에 없었다.

"요즘에는 유가장이란 곳에 행패를 부리고 있다는군요."

그 말에 소하는 눈을 동그랗게 떴다.

순간 금하연의 눈도 소하에게로 돌아간다. 그가 여기에 온 이유를 알고 있었기 때문이다.

"설마 그곳이……."

"우리 집은 분가라서 작지만요."

소하는 머리를 긁적였다.

철중방이 유가장에 시비를 건다?

참으로 이해할 수 없는 일이었다.

"일단……."

소하는 후우 하고 한숨을 내쉬었다.

덜그럭 소리와 함께 물그릇을 내린 그는 몸을 일으키며 주변을 둘러보았다.

많은 시간이 흘렀다는 생각이 들었다.

"돌아가 봐야겠네."

어느덧 여길 나설 때의 앳된 소년은 장성한 청년이 되어가고 있었으니까.

＊　　　＊　　　＊

"묵완이?"

남자의 눈썹이 일그러졌다. 수금(收金)을 나갔던 묵완이 엉망진창이 되어 도착했다는 말을 들은 것이다.

"누가 그런 짓을 했지?"

"무, 무림인입니다."

"나도 안다."

그 순간 살기가 몰아쳤다.

고수가 내뿜는 기운은 일반인에게는 쉬이 받아내기 힘든 압박으로 작용한다. 숨을 삼키는 부하를 향해 남자는 가늘게 뜬 눈을 찡그렸다.

"묵완을 이길 수 있는 놈이 그렇게 많지는 않을 텐데."

철중방에서도 상당한 고수로 취급받았던 묵완이다. 남자의 계획을 실천하기에는 더없이 중요한 인물이었던 것이다.

"어린놈이었는데… 보이지가 않았습니다."

"흠."

일반인들의 감상은 아무 도움이 되지 않는다. 남자는 다리를 꼬며 천천히 앉은 의자에 등을 눕혔다.

"고수가 성원에 찾아왔다라. 뭐지?"

까드드득……

그의 이가 부딪치는 소리가 섬뜩하게 방 안을 울렸다.

"계획을 눈치챈 건가?"

그가 화를 내는 것에 부하들은 두려운 표정으로 몸을 굽혔다. 이 남자가 분노하면 어떤 식으로 상황이 진행되는지 익히 알고 있었기 때문이다.

"절련검이라는 자던데……."

"아나?"

눈을 돌린 남자는 자신의 부하들이 우물쭈물거리는 것에 흠 소리를 내며 머리를 짚었다.

"지영파의 무인이로군요."

"지영파?"

뒤쪽에서 들린 낭랑한 목소리에 사내는 눈을 들었다. 그곳에는 푸른 가면을 쓴 여인이 서 있었다. 모두의 눈이 그리로 향할 수밖에 없을 정도로 매혹적인 모습이다.

곧게 뻗은 다리가 그대로 드러나는 치마에 옷이 몸에 딱 달라붙어 굴곡을 보여준다. 음심이 서린 눈에 가면을 쓴 여인은 슬쩍 눈을 돌릴 뿐이었다.

"최근 홍성한다는 소문파죠."

"흠. 듣지도 못해본 놈에게 묵완이 졌다라."

돌아가는 이들에게 고래고래 자신의 무명을 외치며 잘난 척을 해댔던 장처인 때문에, 이들 모두는 지금 묵완을 쓰러뜨린 신비고수가 바로 그라고 생각하고 있었다.

"일단 주변을 자세히 조사해라. 움직임을 보고하고, 일전의 행동까지 긁어 와."

"예!"

부하들이 흩어지자 남자는 흠 소리를 내며 상체를 일으켰다.

"눈치가 빠른 놈들이 냄새를 맡은 것일 수도 있다."

"그럴 수도 있겠죠."

여인은 매력적인 목소리로 대답하며 고개를 살짝 굽혔다. 눈, 코, 입이 없는 가면은 음습한 기운이 들 정도였다.

"다만… 어차피 다 의미 없는 일일 뿐이에요."

그녀는 말을 끝내며 몸을 돌렸다.

"그분이 계시기에."

그 목소리에는 강한 확신이 배어들어 있었다.

*   *   *

"으아아악!"

비명이 들린다.

발길질에 얻어맞은 남자는 땅을 데굴데굴 구르며 아파하고 있었다.

오늘도 여전히 행패를 부리러 온 철중방의 무인들 때문이었다. 두 명은 위압스레 주먹을 휘두르며 땅을 구르고 있는 하인을 노려보았다.

"오늘은 봐줄 생각이 없다."

그는 잔뜩 일그러진 얼굴로 중얼거리고 있었다.

"당장 상납세를 바치지 않으면 철중방이 네놈들을 벌할 거다!"

"사, 상납세라니……"

날아가 나뒹군 남자는 쿨럭이며 피를 토해냈다. 목을 얻어맞은 바람에 속이 상한 모양이었다.

"한참 전부터 살아온 건 이쪽인데… 그 무슨 망언이란 말이요……"

"주둥아리가 살았구만!"

콰직!

비명이 뒤이었다. 잔인하게 그를 밟은 철중방의 무인은 굳게 닫힌 문 너머에서 모두가 숨을 죽이고 있다는 사실을 알기에 큰 소리로 외쳤다.

"그렇게 원한다면 시체를 봐야겠지!"

스르릉!

칼이 뽑혀 나오는 소리. 그걸 본 남자의 얼굴이 하얗게 물들었다. 어느 정도 때리는 것이야 감내하면 된다. 하지만 베이는 것은 죽음과 연결되는 일이었다.

그 순간.

"그만하시오!"

고함이 들렸다.

남자를 포함한 몇 명이 눈을 들어 올리자, 그곳에는 회색 수염을 길게 기른 중년인 한 명이 숨을 가쁘게 내쉬고 있었다.

"이곳이 유가장임을 알지 못하고 그런 행동을 하시오!"

"분가 주제에."

철중방의 무인은 고개를 까닥이며 비웃음을 보냈다.

"본가 몫까지 대금을 치르라는 말 못 들었나?"

그것에 중년인은 이를 꽉 악물었다. 그가 바로 이 유가장 본가의 가장 큰어른인 유하원(劉河轅)이었다. 그는 허리에 차고 온 칼자루에 손을 대며 여전히 가쁜 숨을 뱉고 있었다.

"뽑으시게?"

철중방의 무인은 푸핫 웃음을 내뱉었다. 얼핏 봐도 병마(病魔) 때문에 다 죽어가는 중년인이 이들을 이길 리 없었던 것이다.

"유가검공을… 우습게 보지 마라!"

챙 소리와 함께 칼을 뽑아 들었지만, 여전히 철중방의 무인들은 느긋해 보였다.

"어이구, 무림인 다 나셨네."

하지만 휘청거리는 게 눈에 보인다. 유하원의 긴장한 표정 역시 그 때문이었다.

그는 유가장의 무공인 연수검을 익힌 자였다. 하지만 몸에 침투한 병마는 이미 서서 고함을 지른 것만으로도 체력을 한

계에 몰아붙이고 있었다.

푸욱!

"크아아악!"

유하원의 눈이 뒤흔들렸다.

철중방의 무인이 쓰러진 자신의 하인 한 명을 칼로 내찔렀던 것이다. 태어나서 처음 맞아본 칼날에 눈물을 뿌리며 버둥거리는 모습이다.

"하나씩 죽이고 와라, 얘들아."

"예! 형님!"

철중방의 무인은 으스대며 어슬렁어슬렁 앞으로 향하고 있었고 두 눈에는 기고만장함이 가득 스며들어 있던 터였다.

"감히 이 철패검(鐵覇劍) 어르신 앞에서 검을 뽑았다 이거지?"

그는 자신의 칼을 들고 바로 달리기 시작했다.

"팔 하나는 잘릴 거라 생각해라, 늙은이!"

유하원은 식은땀이 흘렀다. 무공을 놓은 지 한참이 지난 그로서는 이러한 압박을 견뎌내기도 어려웠던 것이다.

그리고 그가 마침내 포기한 표정으로 팔을 내릴 때, 뒤에서 지켜보던 유가장의 모두가 당황할 수밖에 없었다.

"어르신!"

그것에 철패검이란 자의 입가에 비웃음이 맴돌았다.

단번에 베어버리고 이 집안의 재산을 모조리 압수해 갈 생각이 절로 들었다.

옆에서 날아온 발이 아니었다면 아마도 계속 생각을 이어
나갈 수 있었을 것이다.

"푸컥!"

비명과 함께 옆으로 쏘아지는 그의 모습. 머리부터 땅에 떨
어지더니만 쿵쿵 소리를 내며 몇 번을 더 구른다.

모두가 멍한 표정을 짓고 있었다.

그곳에 서 있는 건 한 소년이었다.

"아슬아슬했다."

그는 그리 중얼거리며 몸을 돌렸다.

유가장의 식구들은 갑작스레 나타난 무인의 뒷모습을 응시
할 수밖에 없었다.

"자, 잠깐……! 위험하네!"

유하원은 고함을 질렀지만, 이미 철중방의 무인들은 거침없
이 덤벼들고 있었다.

하지만 일순간이다.

퍼버버버벅!

굉음과 동시에 마치 요술처럼 넷의 몸이 허공을 날았다.

비명도 지르지 못하고 모조리 기절한 모습이다.

그리고 손을 툭툭 턴 소하는 가볍게 눈을 돌렸다.

유하원 역시 믿을 수 없다는 표정으로 그를 바라보고 있었다.

소하는 그걸 보자 절로 눈시울이 뜨거워질 것만 같았다.

"소… 하……?"

자식을 잊지 않았었다.

운현이 죽고 소하가 떠나갔을 때 유하원은 세상 모든 것이 무너져 버린 기분이 들었었다.

그리고 지금.

그렇게도 꿈에서 그리던 아들의 모습에 그의 눈이 급격하게 젖어 들기 시작했다. 평소 그리도 예의범절을 따지던 그였지만, 체면 따위는 지금 아무 소용이 없었던 것이다.

소하는 씩 웃었다.

"다녀왔습니다."

＊　　　　＊　　　　＊

유가장의 분가는 오랜 세월 동안 본가에 무시를 당해왔던 집안이다.

유가장은 본처의 자식이 아닌 이들에 대해 철저한 차별을 가해왔고, 분가 역시 저항하려 해보았지만 현실에 순응하고 물러설 수밖에 없었다.

본가의 인물들조차 질투하던 운현이 죽고 난 뒤 한 조각의 웃음도 찾아볼 수 없던 유가장의 분가 내에서는 오랜만에 웃음소리가 희미하게 흘러나오고 있었다.

사람들의 발길이 분주하다.

이곳저곳에서 상자를 든 하인들이 정신없이 움직이고 있었고, 시녀 몇 명은 음식이 올려진 밥상을 든 채 방 안으로 들어선다. 평소 근검절약을 기본으로 삼던 유하원이 거의 처음으로 아낌없이 재산을 푼 탓이다.

소하는 그러한 일들 속에서 멍하니 자리에 앉아 있었다. 뭐라도 도울까 싶었지만, 하인들마저 실실 웃는 낯으로 그럴 필요 없다고 잘라 말할 뿐이었다.

'다들 오랜만인데도 여전하네.'

유가장의 분가는 재산마저 제약당한다.

그러나 유하원은 자신이 아낀 돈으로 하인들을 여럿 먹여 살렸고, 그 은에 보답하기 위해 하인들은 정말 열심히 그를 위해 일하고 있었다.

소하는 어릴 적 보았던 풍경들이 문을 통해 다시금 되살아나는 것 같았다.

항상 뛰어다닐 때면, 유하원의 근엄한 목소리에 뒤이어 운현이 픽 웃음 짓곤 했었지. 소하는 거기까지 생각이 일자 조금 가슴이 아릿해져 오는 것만 같았다.

"소하 도련님! 좋아하는 음식이 있으신가요? 어릴 때는 당과(糖菓)였다지만, 지금은 또……."

"먹을 수 있으면 뭐든 좋아요."

하인은 이내 호탕하게 크하하 하고 웃더니만, 고개를 끄덕여 보였다.

"역시 무림인이 되더니 멋있어지셨습니다! 알겠습니다요!"

그러고는 쌩하니 달려가 버린다. 소하는 그러한 하인의 뒷모습을 멍하니 바라보다, 이윽고 천천히 손을 들어 바닥을 훑어보았다.

유하원이 손님을 맞는 방.

그러나 이곳은 시녀들이 부산하게 치우기 전, 먼지만이 가득 쌓여 있었다. 두 아들이 사라진 후 유하원이 어떠한 심경이었는지 명백하게 드러나는 모습이었다.

"활기가 넘치는 곳이네요."

금하연은 조용히 주변을 둘러보다 중얼거렸다. 본디 이곳의 모습은 필시 그러했겠지. 그녀의 말에 소하는 쑥스러운 듯 고개를 슬쩍 숙였다.

사람들이 웃는 소리는 여전하다.

그럴 때면 어릴 적 부스스 잠에서 깨어나 맑은 하늘을 바라보던 일이 떠올랐다.

세상 어디로도 나갈 수 있을 것만 같았던 그때.

소하는 문득 형의 모습이 눈앞을 스쳐 지나가는 것만 같았다.

"여독(旅毒)이 쌓였겠구나."

곧 밥상이 들어오며 안에서 하얀 옷을 차려입은 유하원이 나타났다. 그는 여러 감정들이 섞인 표정으로 소하를 바라보고 있었다.

"어머니께 인사는 올렸느냐."

"아직 안정하시는 편이 좋다고 해서……."

"네게 미안했었다."

유하원은 조용히 소하를 바라보았다. 그때만큼은 옆에서 이죽거리고도 남았을 장처인조차 입을 꾹 다물고 있었다.

"특히 마음 약한 네 어미가 평범히 하루하루를 보낼 수 없었지."

두 아들을 하루아침에 잃었다.

소하의 어머니는 그 이후 충격을 받아 시름시름 앓고 있는 모양이다.

소하의 표정이 조금 어두워졌다. 가장 먼저 어머니를 찾아 뵙고자 했지만, 의원은 소하를 지금 만난다면 그녀의 몸에 큰 무리가 갈 수도 있다고 이야기했다. 차근차근 준비를 갖춘 뒤, 조금이나마 나아졌을 때 얼굴을 보라는 말이다.

유하원은 조용히 후우 하고 한숨을 내쉬었다.

"그래도 이제야 말할 수 있겠구나."

그는 눈을 들어 소하를 바라보았다.

"형은 아버지를 닮았어."

어린 소하는 그것이 늘 마음속에 응어리져 있던 불만이었다. 소하의 세상에서 가장 큰 것은 바로 아버지였다. 그렇기에 그와 닮은 운현이 자연스레 높은 성취를 내는 것이라고 어린 마음에 생각했던 것이다.

눈매나 콧날, 광대의 생김새까지 비슷하다.

"미안했다, 소하야."

유하원의 깡마른 손이 소하의 손을 붙잡았다.

거친 손. 이전 유생(儒生)으로 불렸을 정도인 유하원의 손은 부르트고 갈라져 꺼끌꺼끌한 느낌이 전해져 왔다.

아버지가 얼마나 고생을 해왔는지 알 수 있었다.

소하는 가만히 자신의 손에서 전해져 오는 온기를 느껴보았다.

철옥에서 거적을 두른 채 잠에 들 때 늘 이런 날이 오기를 소망했었다.

참고 참으려 했었는데.

소하는 뚝뚝 떨어지는 눈물방울을 주체할 수가 없었다.

"여러분 역시 우리 소하의 손님이시오. 유가장은 여러분을 환영하오."

시녀들이 뜨끈한 김이 오르는 음식들을 들고 들어온다.

유하원은 조용히 아들을 안아주며, 조용히 중얼거렸다.

"돌아와서 정말 기쁘구나."

第六章
목적

밤은 꽤나 길었다. 소하는 아버지와 그동안의 밀린 이야기를 나누었고, 자신이 무림인이 된 것을 조심스레 밝혔다.

처음에는 믿을 수 없어 하던 유하원도 소하의 무공을 눈앞에서 보았기에 결국 수긍할 수밖에 없었다.

"그런가. 무림인……."

유하원은 담뱃대를 입에 문 채로 고개를 끄덕였다.

"운현이가 바라던 일이었기도 했지."

형은 늘 무공을 수련했다. 본가에 무시당하는 아버지의 이름을 널리 알리겠다며 더 이상 분가라는 이유로 차별받지 않겠다는 뜻을 밝히곤 했었다.

그는 정말로 가문의 기재라며 모두의 질투를 사는 몸이었다.

"그 꿈을 네가 대신 이뤄준 것만 같구나."

유하원은 조용히 그리 말하며 웃었다. 자식이 장성해 나간다는 건, 그만큼 독특한 기분이 드는 일이었다. 그리고 잠시 허공을 바라보던 그는 술병을 기울이며 술을 따랐다.

"허어?"

순간 유하원의 눈이 소하가 쥐고 있는 잔으로 향했다.

"술도 배웠느냐?"

"아, 네. 그냥 조금조금……."

"흐음……."

잠시 마땅찮다는 표정을 짓던 유하원은, 이윽고 소하에게로 술병을 향했다.

천천히 하얀 궤적을 그리며 따라지는 술. 소하는 찰랑이는 그것을 가만히 바라보다 눈을 들었다.

"아들과 대작(對酌)하는 건 생각조차 하지 못한 일이었다만."

그는 천천히 숨을 뱉었다.

"정말로 기쁜 일이구나."

소하는 픽 웃으며, 술을 입안으로 털어 넣었다.

이상하게 쓰기만 했던 술이 맛있다. 아버지의 미소를 봐서일까?

아니면, 꿈에서만 그렸던 집의 냄새가 주변을 가득 메워서일까.

어느 쪽이든 소하에게는 즐거운 일이었다.

"가주님이 이렇게나 마시신 건 오랜만이에요."

시녀 하나가 텅 빈 접시를 치우며 그리 말했다. 옆쪽에서는 휘청거리는 유하원을 하인 한 명이 부축해서 걸어가고 있었다.

"도련님을 다시 뵈니 좋으신 거겠죠."

"어머니는 괜찮으세요?"

소하는 접시를 치우는 걸 도우며 그리 물었다.

소하의 어머니는 지금 후원(後園)에서 안정을 취하고 있다는 모양이었다.

"마님은 몸이 조금 안 좋으시긴 하지만⋯ 의원이 함께 하고 있으니까 괜찮을 거예요. 게다가 도련님도 돌아오셨으니!"

시녀가 말하는 것에 소하는 고개를 끄덕여 보였다. 이윽고 짐을 갖고 그들이 사라지자, 소하 역시 마루를 나와 바깥으로 나섰다.

어느덧 조금 차가운 공기가 코에 닿고 있었다.

괜스레 몸을 움직이고 싶다.

소하는 그리 생각이 들자, 천천히 자신의 방으로 걸음을 옮겼다. 소하가 여기 도착한 뒤 예전에 쓰던 방에 짐을 놔둔 터였다.

괭명이 걸려 있는 걸 본 소하는, 그것과 연원을 꺼내 천천히 자신의 허리에 찼다.

밤하늘은 여전히 맑은 어둠을 드리우고 있다.

소하는 홀로 마당에 선 뒤, 가볍게 연원을 허공으로 뽑아 들었다.

"무공을 수련할 때면, 늘 기쁜 마음이 든단다."

소하는 어릴 적 형이 흙투성이가 되어 돌아올 때면, 왜 저리 땀범벅이 되면서까지 무공을 수련하는지 알지 못했다.

마루에 누워 그 모습을 구경하다 소하가 이유를 물었을 때, 운현은 그리 대답해 주었다.

이제는 알 수 있었다.

허공을 긋는 은빛.

소하의 손에서 유려하게 백연검로가 펼쳐졌다.

수백 번도 넘게 펼친 검로다. 은빛이 허공을 채우는 동시에, 등에 메어진 괭명의 자루가 손에 붙잡혔다.

괭천도법과 백연검로가 함께 펼쳐지며, 동시에 어지러이 소하의 몸이 흩날렸다.

천영군림보와의 조화.

소하의 온몸은 환영처럼 허공을 스쳐 지나가고 있었다. 사방에 마치 여섯 명이 동시에 생겨난 것만 같은 모습이었다.

단숨에 펼쳐낸 검로가 일시에 가라앉는다.

소하가 손을 놓자, 곧 천양진기의 기운이 화아악 일어나며 허공에 번졌다.

전 초식을 펼쳐내는 데에 얼마 시간이 걸리지 않는다. 소하는 천천히 심호흡을 한 뒤 다음 수련에 들어가려 했다.

"대단하시네요."

박수가 들렸다.

뒤에서 그를 바라보고 있었던 금하연이었다. 그녀는 정말로 감탄했다는 듯, 짝짝 소리가 나도록 손을 치며 어둠 속을 걸어오고 있었다.

"…천하오절의 무공들이라니."

"아직 부족하지만요."

소하가 웃으며 답하자, 그녀는 살짝 고개를 끄덕이며 손을 들어 올렸다. 그녀의 손에 은은한 기운이 휘감기고 있었다.

"저희 내월당은 무공을 익힐 때… 늘 자신을 한 번 더 되돌아보라고 하죠. 그렇게 한 자와 그렇지 않은 자는, 차이가 날 수밖에 없다면서 말이에요."

그것이 무공을 익히는 자의 근본이라 말했다.

소하의 눈이 자신의 손으로 향했다.

이전에 죽인 이들의 피로 가득 물들어 있던 손. 자신이 스스로를 잊었기에 저지른 일이었다.

"유 대협은 그걸 알고 계신 것 같네요."

금하연의 눈에는 경탄이 깃들어 있었다. 무언가를 아는 것과 그것을 이해하고 행동하는 것은 다른 일이다.

누군가를 구하는 게 옳다는 것은 아마도 모두가 알 것이다.

그러나 그것을 행동으로 옮기는 이는 극히 드물다. 모두가 계산에 빠지기 때문이다.

"그럴까요."

소하는 자신이 없었다. 자신이 언제 또 그리 될지 모르는 일인 데다, 자신의 힘이 어느 정도인지를 다시금 가늠할 수 있었기 때문이다.

"모든 건 마음이 중요한 법이죠."

그녀는 그리 중얼거리며 고개를 들어 올렸다. 맑은 달이 어둠 속을 느릿하게 밝히고 있었다.

"대협의 스승들께서도 아마 그러한 말을 해주셨을 것 같았어요."

소하는 배시시 웃을 수밖에 없었다. 그 말에, 곧 자신과 함께했었던 네 명의 노인이 떠올랐기 때문이다.

"네."

과거는 즐거운 기억들로 채워져 다시 돌아온다.

"정말 그랬어요."

금하연은 마주 미소를 지어준 뒤, 말을 이었다.

"이제는 어쩌실 건가요?"

유가장에 오는 것으로 자신의 생존을 알렸다.

그 다음 소하는 어떤 행보를 취할 것인가?

금하연의 물음에 소하는 조용히 손을 내려다보았다.

"조금 더 알아보고 싶은 일이 있어요."

철중방의 후예라는 자들의 정체.

그리고 그들이 어째서 이곳을 공격했는지에 대해서 말이다.

소하가 생각하기에도 그 묵완이라는 자의 힘은 여기 있기에는 지나치게 강하다.

"본가에서 미룬 일이라."

본가에서 돈의 지급을 분가로 미루는 짓을 했기에 이러한 일이 생겼다. 소하는 결정을 마친 듯 천천히 눈을 들었다.

"일단은 그리로 가봐야겠죠."

"저희도 동행해도 될까요?"

금하연의 생뚱맞은 말에 소하는 눈을 크게 떴다. 그러나 금하연은 강력하게 동행을 원하고 있었다.

"오늘 대협께서 구해주신 두 명은 저희 문파에 새로 들어온 장래가 기대되는 아이들이에요. 그런 아이들에게……."

그녀는 담담히 웃음을 지으며 말을 이었다.

"진짜 무림인이 어떠한 모습인지 알려주고 싶어요."

잠시 침묵이 일었다. 소하는 그 말에 무어라 답변해야 할지 떠오르지 않았고, 금하연은 대답은 필요 없다는 듯 그저 웃고 있을 뿐이었기 때문이다.

결국.

"알겠어요."

머쓱하지만 소하는 밝게 목소리를 냈다.

*　　　*　　　*

"윽……!"

목연은 신음을 뱉었다. 상처를 감아주던 연사가 힘을 꽉 주어 붕대를 동여맸기 때문이다.

"좀 참아. 안 그러면 상처가 벌어져."

얼굴을 얻어맞았지만 나뒹구는 통에 목을 포함한 상체를 베였다. 칼과 같은 창상(創傷)이라면 상관없겠지만 나무조각이나 쇳조각에 긁힌 것은 자칫하면 곪아버릴 수 있었다.

연사의 목소리에 목연은 투정을 접을 수밖에 없었다. 그가 조용해지자 연사는 붕대의 매듭을 마무리 지으며 말을 이었다.

"다음부터는 조심해. 그분이 아니었으면……."

"그 다음부터가 진짜였어."

아직도 묵완이란 자를 이길 수 있다고 주장하는 목연이었다. 연사는 답답해지는 것을 느꼈지만 그의 자존심을 해치고 싶지 않았기에 크게 한숨을 내뱉었다.

"그래. 아무래도 상관없으니… 몸조리나 잘 해. 비형청사공은 계속 쓰고 있고."

상처 회복과 기운을 증강시키는 효능을 가진 게 바로 비형
청사공이다. 연사의 말에 목연은 할 수 없이 내공을 끌어 올
리고 있었다.

"굉명지주라니."

지금 소하의 이름은 알려져 있지 않지만, 굉명지주라는 무
명은 대단한 기세로 무림 전역에 알려지고 있었다. 그만큼 소
하가 짧은 시간에 해낸 일들이 대단했기 때문이다.

그에 목연은 짜증난다는 표정을 지을 뿐이었다. 소하가 자
신을 구해주었기에 아무 말도 할 수 없었던 것이다.

"너도 같이 있을 때 잘 배워둬."

연사는 목연이 소하의 모습을 통해 무언가를 배우길 원했
다. 아마 금하연도 마찬가지였기에 소하에게 동행을 요청한
것이리라.

그러나 여전히 목연은 뚱한 표정만을 짓고 있을 뿐이었다.

"여전하구나. 정말."

연사는 한숨을 쉬며 손을 털었다. 이제 약을 바르고 붕대
를 감아두었으니, 비형청사공이 함께 한다면 금방 상처는 다
시 아물 것이다.

"철중방의 무인들은 각별히 주의하고."

"……"

목연의 자존심이 상당히 강하다는 사실은 이미 연사도 아
는 바였기에, 그녀는 걱정의 말을 남기며 방을 나섰다.

홀로 남게 되자 목연은 천장을 올려다보았다. 나직이 향 냄새가 코로 스며들어 오는 방. 그는 천천히 주먹을 쥐며 으득 이를 악물었다.

"젠장……."

분함이 가득 섞인 목소리로 목연은 고개를 떨궜다.

*　　　*　　　*

그리고 다음 날.

"본가로 간다고?"

유하원은 갑작스레 아침 밥상 앞에서 아들이 꺼낸 말에 눈을 휘둥그레 뜰 수밖에 없었다.

"그게 무슨 소리냐."

"자세히는 설명할 수 없지만… 가서 알아보고 싶은 게 있어요."

곧 유하원의 이마가 움푹 찡그려졌다. 아들이 갑작스레 이런 말을 꺼낸 데에는 이유가 있을 거라 생각했지만, 너무나도 뜬금없었기에 사태를 판단하기 어려웠던 것이다.

"하지만… 네게 호의적이지 않을 게다."

소하가 무림인이라는 소식이 알려지면 더더욱 말이다. 분가는 무조건 본가보다 못해야 한다는 것이 바로 유가장의 사고방식이었다.

"유가장은 무가(武家)에서도 명가라 불리는 곳이다."

소하는 잘 알지 못했지만 유가장은 상당히 유명한 위세를 자랑하는 곳이다. 여러 명의 무인을 배출했고, 시천월교의 지배 전에는 무림맹에도 상당한 수의 사람들이 자리해 가문의 기세를 더욱 드높였다고 한다.

시천월교에 의해 전 무림이 초토화되었던 이후, 어쩔 수 없이 세력을 접고 은둔할 수밖에 없었던 것이다.

"그리고 지금 새로이 출도를 준비하고 있지."

그런 그들의 눈에 소하가 좋게 보일 리 없었다. 소하가 강하면 강할수록, 그들은 더욱 제약을 가하려 들지도 모른다. 유하원은 자신의 아들이 그러한 일을 당하는 것을 두고 볼 수 없었다.

하지만.

"괜찮아요."

소하는 천천히 젓가락을 들어 올렸다. 일부러 아침을 먹는 자리가 어색하지 않도록 정리할 쯤이 되어서야 말했지만 아버지의 진심이 느껴지는 것만 같았다.

"형이 죽었을 때… 그쪽에서 무슨 말이라도 해줬었나요?"

유하원은 답하지 않았다.

동시에 시녀들의 표정도 어두워진다. 유하원이 그 당시 어떠한 심경이었을지 알기 때문이다.

"알고 싶어요."

그러나 소하는 여전히 단호하게 답했다.

"왜 형이 죽어야만 했는지."

그리고 왜, 운현이 그러한 차별에 부딪치며 살아가야 했는지 말이다.

그러한 말을 꺼내는 소하의 눈은 단단하게 빛나고 있었다. 강렬한 의지가 숨어 있는 그 목소리에, 유하원은 별수 없이 고개를 끄덕일 수밖에 없었다.

마음 한구석이 따스하게 물드는 것만 같았다. 그것은 자신이 하지 못한 일을 아들이 대신 이뤄주는 것에 대한 고마움이라고 해야 할 것이다.

"그러도록 해라."

목이 메는지, 그는 더 이상 말을 잇지 않았다.

밥상을 밖으로 물린 뒤 소하는 빠르게 채비를 마쳤다. 말이 나온 김에 빠르게 움직이기로 마음먹었던 것이다.

"벌써 가실 건가요?"

"아쉽습니다, 도련님."

하인들의 말에 소하는 웃어 보일 뿐이었다. 마음 같아서는 계속 여기에 있고 싶지만, 자신은 해야 할 일이 있었다.

"소하야."

그리고 멀리서 마루에 선 유하원의 목소리가 들렸다.

"어머니께 인사하고 가거라."

그 한마디에 소하가 고개를 돌리자, 유하원은 흠흠 하고 헛

기침을 하며 방 안으로 들어가고 있었다.

"가보세요, 대협."

금하연은 웃었다.

그리고 말이 떨어진 순간, 소하는 마치 질풍처럼 순식간에 안뜰로 가는 길을 향해 달리고 있었다.

"아무리 그래도 아직 어린애로군."

장처인이 피식 웃으며 중얼거렸다. 금하연은 살짝 그를 흘겨봤지만, 이내 따스한 미소를 지은 뒤 손을 들어 올릴 뿐이었다.

"누구나가 그런 것이겠죠."

소하가 아버지의 말을 들은 순간 지은 표정이란.

그녀는 절로 웃음이 나오는 것을 느꼈다.

"사랑하는 가족 앞에서는."

                    *   *   *

달린다.

소하는 안뜰의 다리를 단숨에 도약해 뛰어넘으며 안착했다. 시녀 하나가 놀라 비명을 질렀지만, 그녀를 겨우 진정시킨 뒤 소하는 안으로 걸음을 옮겼다.

"마님도 좋아하실 거예요!"

어린 시녀는 팔을 붕붕 흔들어 보였다. 어릴 적 소하와 또

래였던 그녀도 어느덧 서서히 여인의 모습을 갖추고 있었다.

"마님! 마님!"

시녀는 얼른 발을 헤치고 그녀에게 사실을 알리려 달려들어 갔다.

그녀의 뒤를 따르던 소하는 어머니가 쉬고 있는 조그마한 집 앞에서 살짝 발길을 멈췄다.

어머니는 눈물이 많았다. 아버지와 사이가 좋기는 했지만, 소하가 말썽을 부릴 때면 어머니는 늘 매보다 눈물을 흘리곤 했다.

그렇기에 운현이 죽고 소하가 끌려갔을 때 그녀가 느꼈을 마음의 상처가 어느 정도일지 익히 상상이 갔던 것이다.

아무 연락도 하지 못한 채 시간만 흘렀다.

소하는 문득 어머니와 마주하기 무섭다는 생각마저 들 정도였다.

그녀가 자신에게 미운 말을 한다면, 혹은 운현의 죽음이 소하 때문이라 말한다면 어떻게 해야 할까.

"들어오세요!"

시녀의 외침.

소하는 침을 삼키며 조심스레 발을 옮겼다.

서서히 방 안이 시야에 들어온다. 안쪽에서는 시녀가 조잘조잘 떠드는 소리만이 울렸다.

"제가 길한 손님이 올 거라고 했었죠? 역시, 제가 감 하나는 좋다니까요!"

그러자 곧 힘없는 목소리가 방 안에서 들려온다.

"네가 그런 말을 할 정도면 정말 대단한 분인가 보구나."

더욱 힘이 없어지고 세월이 느껴졌지만, 소하는 목소리를 듣는 순간 주먹에 힘이 꽉 들어가는 것을 느꼈다.

자신의 모습.

사람을 죽였다.

피범벅이 되었던 손이 떠오른다.

소하는 눈을 질끈 감고 싶었다.

어머니를 대하기 두려울 정도로 죄책감이 가슴속을 파고든다.

하지만 곧 소하는 자신을 끄는 손을 느꼈다.

소하가 들어오지 않는 것에 시녀가 다가온 것이다.

"어서 오세요! 마님도 기다리고 계시니까!"

그녀의 성화에 소하는 결국 당황스레 한 걸음을 옮길 수밖에 없었다.

방에서는 수선화 향이 났다.

곱게 내려진 발을 헤치고 들어간 소하는 어느덧 그리운 냄새가 코끝을 가득 채우는 것을 느꼈다.

어머니의 냄새, 늘 어릴 적 울 때면 자신을 안아주던 따스한 냄새였다.

소하의 눈이 앞으로 향했다.

그녀는 병색이 완연해 있었지만, 여전히 이전과 같은 모습으로 침대에 앉아 있었다. 고운 비단 이불을 덮은 채, 마른 얼굴을 들어 그를 바라보았다.

어머니의 입에서는 아무 말도 나오지 않았다.

그저 하염없이 입술만을 뻐끔거리며 그를 바라볼 뿐이다.

"놀라셨죠?"

시녀가 웃으며 말하는 것에 소하는 머쓱한 표정을 지을 수밖에 없었다.

"다… 다녀왔습니다."

절세의 무공을 익히고, 세상 사람들이 대단하다 여길 만큼 여러 행보를 보였던 소하였다.

하지만 어머니 앞에서는 여전히 어릴 때의 그 마음 그대로였다.

"이리로 오렴."

딱딱한 목소리가 울린다.

소하는 그것에 심장이 점점 두근거리는 것을 느꼈다. 앞으로 발을 옮기자 세상이 온통 무겁게 가라앉는 것만 같았다.

마침내 침상 옆에 서자 그녀는 조용히 깡마른 손을 들어 소하의 팔을 붙잡았다.

"어디 다친 곳은 없었니."

"…네."

그녀의 입이 바르르 떨린다.

이제까지 꾹 참으려 했지만 도저히 울음을 견딜 수가 없었던 것이다.

"괴롭히는 사람들은……."

"없었어요."

"키가 많이 컸구나."

그녀의 손에서 느껴지는 떨림에 소하는 자신 역시 코끝이 찡해지는 것만 같았다.

"다행이다."

그녀는 그리 중얼거리며 천천히 소하의 허리를 끌어안았다.

따스함.

소하는 그것에 마치 자신의 몸이 물처럼 녹아내리는 것만 같았다.

"다행이다, 다행이야……. 감사합니다, 감사합니다……."

그녀의 중얼거림에 마침내 울음이 섞이기 시작한다.

눈물방울을 뚝뚝 떨어뜨리는 것에, 시녀는 자신 역시 소매로 눈가를 닦으며 서서히 뒤로 물러섰다. 평소의 그녀였다면 여인을 좀 더 다독였겠지만 지금은 그럴 필요가 없었다.

"내가, 윽… 못난… 탓에……."

"아니에요."

소하는 눈물을 흘리며 어머니의 머리를 끌어안았다.

"죄송해요. 늦게 와서."

"윽, 으윽, 으……."

결국 오랜 세월 뒤 다시 만난 모자(母子)는 서로를 끌어안은 채 한참 동안을 울었다.

그들은 한참의 시간이 지나고 나서야 조금 진정할 수 있었다.

"무림인."

소하의 어머니는 정말로 걱정된다는 듯 아들의 팔을 살펴보고 있었다. 마르고 부드러웠던 소하의 살은 이제 근육이 가득 차 단단하고 굵어져 있었다.

"무서운 사람들이 잔뜩이라고 들었다."

"괜찮아요. 좋은 사람들도 많고……."

소하는 어머니가 자신의 손을 꽉 붙잡고 있는 것에 계속 웃음이 일 것만 같았다. 마치 더 이상 어디에도 가지 말라는 듯, 그녀는 절대로 손을 놓지 않았던 것이다.

"해야 할 일이 있어요."

소하는 어머니의 손을 잡으며 조용히 중얼거렸다.

그것에 그녀의 눈이 살짝 흔들렸지만, 이내 어쩔 수 없다는 듯 고개를 숙일 뿐이었다.

"운현이도 기뻐했을 거다."

그녀의 손이 부드럽게 소하의 뺨을 쓸었다.

"이리 장하게… 컸으니까."

소하는 그 손을 마주 잡으며 배시시 웃었다. 어머니의 목소리, 그리고 어머니의 온기. 철옥에서 늘 그렸던 따스함이었다.

"본가의 사람들은 우리를 좋게 보지 않는단다."

"네, 형한테도… 그랬었죠."

운현을 대놓고 차별했던 본가 사람들이다. 그녀는 소하가 그곳에 가서 또다시 안 좋은 일을 겪게 될까 두려웠다.

"걱정 마세요."

소하는 웃었다.

여기 와서 더욱 마음이 굳어졌다.

자신이 뭔가를 해야 한다는 것. 그리고 현 상태의 유가장을 바꿔야 한다는 것.

소하는 어머니의 손을 놓았다.

아쉽다는 듯 몇 번이고 손을 쥐었던 소하의 어머니는, 이윽고 한숨을 쉬며 말했다.

"힘들면 언제든지 돌아와야 해."

"예."

어머니가 걱정하는 것이 무엇인지 알기에 소하는 고개를 끄덕여 보였다.

벽에 기대어두었던 칼을 걸친다. 소하가 굉명을 메는 것에 소하의 어머니는 감회가 어린 눈을 했다.

"모두 널 자랑스러워할 거란다."

소하는 칼을 걸친 채 몸을 돌렸다.

"다녀올게요."

"그래."

어릴 적 바깥에 놀러 나갈 때가 떠올랐다.

그때도 항상, 어머니는 배웅하며 빙긋 웃어주곤 했었다.

소하는 가슴에 가득 고양감이 들어차는 것을 느끼며, 앞으로 걸음을 옮겼다.

유가장까지는 꽤 시간이 걸릴 터였다.

＊   ＊   ＊

"유가장이라… 그래도 제법 유명한 곳이 아니오?"

장처인은 어깨를 으쓱였다. 저번의 일 때문에 그의 명성도 자연스레 올라갈 것이기 때문이다.

금하연은 그 속내를 알고 있기에 한숨을 쉬었지만 소하는 아무렇지도 않다는 듯 고개를 끄덕여 보였다.

"그렇다고 하더라구요."

"최근 들어 상당히 세력이 넓어졌다고 하오. 천회맹과의 연결을 거부했다고 해서 이름이 알려졌지."

장처인이 그나마 도움이 되는 것은 바로 무림의 일들에 빠삭하다는 사실이었다. 그는 자신이 돋보이기 위해 어떻게든 무림의 대소사(大小事)들을 외워놓았던 것이다.

"천회맹과요?"

금하연도 처음 듣는 말이다. 장처인은 그 사실을 알고는 자랑스레 말을 이었다.

"그렇소. 사실 별로 알려지지 않은 것이지. 천회맹도 최근 들어 견제하는 세력이 있지 않소?"

"백면을 말씀하시는 것이군요."

소하도 아는 이름이다. 홍귀를 비롯한 가면을 쓴 사내들이 존재하는 백면이라는 세력. 일찍이 보았던 단리우의 모습이 서서히 머릿속에 떠오르고 있었다.

"이제는 서로가 서로를 위협할 수 있는 경지까지 성장했기에 천회맹에서도 문파들을 포섭하는 데에 열성을 다하고 있다 하오."

소하가 수련에 들어갔던 동안, 백면은 다방면으로 활동을 지속한 모양이다. 계속해서 세를 불리다 못해, 이제 천회맹을 위협하는 일까지 벌인 것이다.

"처음에는 무반응으로 일관했던 천회맹이라 해도 자기 세력을 빼앗기는 것을 참을 수는 없었겠지."

그렇기에 견제에 들어갔다. 단순히 무력의 경쟁만이 아니라, 재정적인 방향으로도 천회맹은 철저하게 백면을 공격하고 있는 모양이었다.

장처인은 모두가 자신의 이야기를 경청하는 것이 내심 뿌듯한지 에헴 소리를 내고 있었다.

어느덧 길이 넓어지고 있다. 사람들이 사는 마을에 들어선다는 이야기다.

"어느새 마을이로군."

장처인은 앞장서서 당당하게 앞을 살폈다. 언덕의 아래쪽에는 호화로운 도시 하나가 웅장하게 펼쳐져 있는 터였다.

"과연……!"

금하연조차도 탄성을 내뱉었다.

마치 사천과 같은 거대한 도시를 작게 축소해 놓은 것만 같았다. 막상 발을 디딘 소하조차도 놀라 말을 잃을 정도였다.

"돈이 정말 많나 보네요."

그 감상밖에 나오지 않았다.

펼쳐진 것은 거대한 담으로 둘러싸인 마을의 모습이다. 그러나 그 안쪽에는 호화로운 건물들이 줄지어 지어져 있었다.

다닥다닥 붙은 건물들 모두가 몇 층 이상이 되어 솟아 있는 것에 장처인은 허어 하고 입을 벌릴 뿐이었다.

"정말 엄청나군. 원래 유가장은 이러하오?"

"저도 가본 적이 없어서……."

늘 소하가 따라가고 싶어 할 때면 운현이나 유하원이 넌지시 밀어내곤 했다. 이러한 모습을 보여주고 싶지 않았기 때문일까. 재력의 차이를 바로 실감할 수 있는 모습이었다.

유가장의 건물들만을 모아둬도 작은 도시처럼 느껴질 정도다.

소하 일행은 서서히 아래로 내려가며 고개를 들었다.

"갈수록 커지네."

"정말 신기하네요… 저도 일전에 봤던 백영세가가 대단하다 생각했는데……."

백영세가 운치(韻致)를 따졌다면, 유가장은 웅장함을 철저하게 따른 듯한 건축양식을 지니고 있었다.

옆으로 쭉 뻗은 담은 사람 셋이 올라타도 넘어갈 수 없을 정도로 높았고, 담의 재질 역시 단단한 철로 이루어져 있었다.

"철로 만들어진 담이라니."

장처인도 혀를 내두르는 참이었다.

소하는 가볍게 눈을 돌렸다. 문 앞에는 거대한 덩치 두 명이 위엄 있게 서 있는 참이었다.

"뭐냐."

"유가장에서 왔어요."

소하가 조용히 말했다.

덩치 두 명은 서로 눈을 맞추더니만, 이내 턱짓을 해 보였다. 소하는 자연스럽게 안에서 서신을 꺼냈고, 그것을 확인한 덩치들은 얼굴을 일그러뜨렸다.

"뭐지? 분가 놈들이 여기 올 이유는 없을 텐데?"

유가장의 분가는 매년 행사가 있을 때에만 본가에 올 수 있게 허가를 받는다.

이전에도 유하원과 운현은 그의 성취를 질투한 이들 때문에 방문을 거절당하기도 했었다. 그렇기에 소하는 이들이 마음에 들지 않았다.

"물어볼 게 많아서요."

"건방진……."

둔중한 주먹을 들어 올린다.

그 순간 금하연은 침을 꿀꺽 삼켰다.

소하의 무공이라면 이들 정도는 가볍게 제압할 수 있을 것이다. 당장에라도 그들이 문을 부수고 나가 땅을 나뒹구는 장면이 눈앞에 선했다.

그러나 소하는 움직이지 않았다.

그 장면을 멀리서 지켜보던 연사와 목연마저도 숨을 삼킬 정도였다.

그저 기운을 방출했다.

이전 선무린에게서 배운 살기의 조율(調律)이다. 단숨에 주변을 에워싼 기운은 이윽고 유형화되어 서서히 거한들의 몸을 조여오기 시작했다.

"으, 으으윽……?"

보이지 않으니 당황스러울 수밖에 없다. 갑자기 누군가 자신의 목을 콱 틀어쥔 듯한 느낌에 거한은 신음을 뱉으며 비틀거렸다.

소하의 눈은 여전히 거한을 향해 있을 뿐이었다.

"뭐, 뭐냐!"

옆에 있는 자가 다급히 무기를 빼어 들려 했다. 무슨 일인지는 모르지만, 소하가 이 상황을 이끌고 있다는 건 확실했기 때문이다.

그러나 그는 칼을 뽑아 들려던 손을 멈출 수밖에 없었다.
바르르 떨리는 손은, 마치 마비된 듯 전혀 움직여지지 않았던
것이다.

"칼 내려놔요."

소하의 나직한 목소리에 힘이 풀린다.

쩔그렁!

반쯤 뽑힌 칼이 칼집째로 떨어져 내리고, 목이 졸린 채 괴
로워하던 남자도 스르륵 아래로 넘어졌다. 엉덩방아를 찧은
채로, 무슨 일이 일어났는지 모르겠다는 듯 멍한 표정만을 짓
고 있을 뿐이었다.

"유가장의 유소하."

소하는 조용히 자신의 굉명을 붙잡았다.

단순히 허공에 대고 휘두르기만 하는데도 굉명은 독특한
소리를 낸다.

그라라랑!

굉명이 내는 울음에 다들 겁에 질린 표정을 지었다.

소하는 조용히, 그러나 강인한 어조로 말을 이었다.

"굉명지주가 왔다고 전해주세요."

*   *   *

"허, 참."

장처인은 혀를 내둘렀다.

"그것도 무공이었소?"

소하가 보여준 것은 신기에 가까운 일이었다. 자신의 기운을 방출하는 것도 절정의 기예건만, 그것으로 타인을 제압한다는 게 말이나 되는 소리인가?

장처인은 누군가에게 이를 말한다면 아무도 믿지 않을 것이라 자신했다.

"괜히 싸워봤자 의미 없으니까요."

소하는 담담히 그리 답할 뿐이었다.

그것에 목연은 날카로운 눈으로 소하를 한 번 응시했지만, 이내 시선을 축 내려 버렸다.

"그래도 유가장에서 문을 열어줄 것이라고는……."

오만(傲慢).

그것이 유가장을 가리키는 가장 걸맞은 단어일 것이다. 누군가를 대함에 있어서 그 재산만을 가장 큰 가치로 취급하기도 하며, 약한 자에게 한없이 냉정하다는 소문은 이미 금하연조차도 들은 터였다.

소하는 자신들이 앉아 있는 방을 둘러보았다.

주변이 모두 금장식으로 번쩍거린다. 어디서 구해왔는지 동경(銅鏡)마저도 여러 장식들이 매달려 있는 모습이었다.

"가관이군."

장처인은 놀랍다는 듯 중얼거렸다. 그의 문파에서도 이러한 부잣집은 본 적이 없었다.

그리고 곧 문이 열리는 소리가 일었다. 나타난 것은 황금색 비단을 곱게 차려입은 중년인이었다.

"유가장의 손님들이로군."

곱게 깎아 다듬은 수염, 그리고 얼핏 친절해 보이지만 은근한 차가움을 품고 있는 두 눈.

그의 등장에 장처인은 재빨리 자리에서 일어나 포권했다.

"유가장주 유태훈(劉太訓) 대협을 뵙니다."

유태훈이란 자는 마주 포권을 해주고는, 이내 어슬렁어슬렁 앞으로 다가와 자리에 앉았다.

"사실 좀 놀랐소."

그의 입가에는 은근한 미소가 걸려 있었다.

소하를 제외한 모두가 긴장한 표정을 지었다.

이자는 무림인이기도 하지만 무림에서 꽤나 유명한 상인이기도 하다. 유가장은 무와 부 양면을 만족시키는 얼마 안 되는 세가였고, 그 장주야말로 진정 대단한 자질을 가지고 있다 평가받아 왔었다.

"유가의 핏줄에… 이런 영웅이 계실 줄은."

유태훈은 빙긋 웃음을 지었다.

"소문은 익히 들어왔었소. 굉명지주… 전설로만 취급되던 천하오절의 유산을 가진 무림의 신성!"

과장스레 손까지 펼쳐가며 이야기를 하고 있었지만 소하는 여전히 표정을 딱딱하게 굳힌 채 유태훈을 바라보고 있었다.

"진작 이쪽에서 인사를 드렸어야 했는데, 그만 소홀하고 말았구려."

좋은 사람처럼 보이는 미소를 짓는다.

"내 후일 분가 쪽에 넉넉히 챙겨주겠다고 약조하겠소. 요즘 들어 이상한 왈패들이 창궐해서 힘들었겠군."

금하연은 슬쩍 옆을 쳐다보았다.

'무슨 말을 하려는 걸까.'

분가에 가해진 차별에 대해서는 금하연도 얼추 느낄 수 있었다. 하지만 소하가 지금 와서 그 차별을 뒤집는다고 많은 것이 바뀔까?

당장 유태훈의 태도가 바뀌기야 하겠지만, 그것으로 문제가 해결된 것은 아니다.

그렇기에 갑작스레 이리로 향한 소하의 심정이 궁금했던 것이다.

"여봐라."

유태훈이 손뼉을 치자 곧 안쪽에서 시비가 모습을 드러냈다.

"별것은 아니지만 받아주었으면 좋겠소."

비단에 싸여 있는 것은 눈부신 금덩이였다.

떼기 쉽도록 칼집까지 내놓은 금자. 소하는 가만히 그것을 바라보다 조용히 자신이 붙잡은 찻잔을 내려놓았다.

"역시 유가장이로군요! 대단합니다!"

그리 유쾌하게 말하며 장처인은 찻잔을 입가로 옮기려 했다.

하지만 움직여지지 않는다.

눈이 동그랗게 변한 장처인은 누가 세게 붙들고 있는 듯한 자신의 팔을 바라보며 어쩔 줄을 몰라 했다.

모두가 그것을 눈치채지 못한 순간, 소하가 말을 이었다.

"대단하시네요."

"재력이라면, 유가장은 어디에도 밀리지 않소. 그 백영세가 라면 모를까."

"저는 저분을 말한 건데."

소하는 눈을 들어 시비를 바라보았다. 면사를 쓴 채 눈을 살짝 내리깔고 있다. 가녀린 몸에 비단옷을 입은 모습일 뿐, 무언가 대단함을 엿보기란 어려워 보였다.

"칼을 잘 쓰실 것 같네요. 품속에 둘, 허리에 하나."

순간 모두의 얼굴이 굳어졌다.

그러나 소하는 여전히 담담했다.

"옆쪽의 문에 서 있는 사람들 셋. 그리고 천장에 다섯."

장처인과 금하연의 눈이 정신없이 그 말을 따라 움직인다. 그리고 소하는 옆쪽에서 따로 잔을 받던 목연과 연사의 탁상을 가리켰다.

"제일 강한 사람은 저 사람."

차를 따르던 노인이 몸을 멈췄다. 그는 여전히 아무렇지도 않다는 표정으로 눈을 내리깔고 있을 뿐이었다.

"시도할 거라면 지금이 기회예요."

"이상한 소리를 하시는군."

유태훈은 허허 웃으며 고개를 갸우뚱 기울였다.

"왜 내가 대협을 죽이려 한단 말이오?"

"내 형에게도 그랬으니까."

순간 유태훈의 눈이 굳어졌다.

소하의 손 안에서 우지직 소리가 인다. 찻잔에 금이 가더니만, 이내 서서히 조각나고 있었다.

"주변에 있는 사람들이 피하는 건 이미 알고 있었어요. 아마 독을 써서… 약하게 만들 속셈이었겠죠."

"무림에서 가장 주의해야 할 건, 바로 섭식(攝食)이다."

척 노인은 늘 그 소리를 했다. 아무리 강인한 무공을 익힌 무림인이라고 해도, 내부에서의 공격에는 취약한 경우가 많다. 특히 독과 같은 것들을 사용한다면 더더욱 그랬다.

"독!"

장처인은 기운이 풀리는 것을 느끼며 찻잔을 내던졌다.

깨지는 소리가 일며 찻물이 바닥에 퍼진다.

"그건 영 불쾌한 소리로군."

"무형독이라고 해도, 일단 섞였을 때 향취가 미묘하게 달라지죠."

척 노인이 반드시 암기하라며 알려준 지식이다. 코끝에 희미하게 맴도는 박하(薄荷)향. 분명 은밀하게 누군가를 암살할 때 쓰는 무형독을 사용했을 때의 냄새다.

"오해가 있는 모양이군."

"참고로."

소하의 몸에서 노란 기운이 피어올랐다.

쿠구구궁!

순간 천장에서 두 명이 쏟아져 내렸다.

"꺄아아악!"

연사가 당황해 비명을 질렀고, 목연은 다급히 연사를 감싸며 무공을 펼치려 했다.

콰아악!

허공을 난다.

두 명의 습격자는 일격을 얻어맞으며 땅을 뒹굴고 있었다.

소하는 조용히 몸을 일으키며 중얼거렸다.

"시천월교에게 말했었지."

음울한 목소리다.

금하연은 저도 모르게 그런 생각을 했다.

"분가 사람을 죽이면, 그만큼의 돈을 얹어주겠다고."

어릴 적.

철옥으로 잡혀가는 소하의 뒤에서 중얼거리던 자들의 말.
어린 소하에게 있어서 절대 잊을 수 없는 말이기도 했다.

그들은 운현의 재능을 질투했다.

그것으로 끝난 게 아니라, 운현을 죽이는 것으로 확실하게
분가를 짓밟아놓으려 했다.

"자, 잠깐……!"

유태훈은 다급히 일어서 물러섰다. 소하의 몸에서 느껴지
는 기운이 보통이 아니란 것을 알았기 때문이다.

"거, 거기 누구 없느냐!"

"명을 받듭니다!"

고함과 함께 문이 열린다. 안쪽에서는 이십이 넘는 무인이
모습을 드러내고 있었다.

"뒤쪽으로 가서 숨어요."

소하는 그리 말하며 몸을 일으켰다.

"뒤, 뒤?"

막힌 벽뿐이다. 더군다나 어디서 적이 솟구칠지도 모르는
일이지 않는가?

그 순간 소하는 굉명을 붙잡았다.

쫘라라라랑!

눈앞을 가리는 섬광. 금하연은 질끈 감았던 눈을 힘겹게 뜨
며 연기가 피어오르는 앞을 주시했다.

소하의 일격에 벽이 부서져 나가며 길이 만들어졌다.

"나가세요."

"대, 대협!"

"어차피……."

소하는 씁쓸하게 몸을 돌렸다.

"이럴 거라 예상했으니."

급하게 나가는 모습들. 목연은 다급히 도망치던 중 소하의 뒷모습을 보았다.

노란 기운이 솟구쳐 오른다.

"이러고도… 제대로 끝날 줄 아는가."

유태훈의 눈이 노기로 가득 찼다. 갑작스레 유가장 내에서 이런 난동을 부린 자는 이제껏 없었다. 소하의 행동에 당장에라도 그를 찢어죽이라 말하고 싶을 정도였다.

"무림에서 이제 막 얻은 무명을 믿고… 광오하구나!"

"묻고 싶은 게 있었어."

소하는 후우 하고 숨을 내뱉었다.

비원동 때문일까?

이상하게 마음이 차분하다. 어쩔 줄 모르고 마구 요동치던 감정들이 한곳으로 모이며 잔잔해진 기분이었다.

시녀들이 칼을 꺼내들기 시작한다. 뒤쪽의 무인들 역시 무장한 채로 소하를 노려보고 있었다.

소하는 천천히 굉명을 붙잡으며 오른손으로는 연원의 자루를 쥐었다.

우검좌도를 뽑아 든 소하는 나직이 말을 이었다.

"그러니… 막으면 후회하게 될 거야."

"이놈!"

괴성이 들렸다.

유가장은 여러 무인들을 돈으로 모으는 곳이다. 무객(武客)이라 하여, 유가장에 머무는 무인들은 유태훈을 돕는 대신 거금을 받고 있었다.

지금 덤벼든 천락협(天洛俠) 진세(眞細)라는 자는 특유의 신력(神力)으로 사람 여럿을 죽인 자였다. 난동을 피워도 유가장의 재력으로 막아내 줄 수 있다는 말에, 단번에 이곳에 머물기를 택한 자이기도 했다.

사람 두 명의 머리를 단번에 깨부순 그의 주먹이 철퇴처럼 소하에게로 내려쳐졌다.

우드드득!

그리고 즉시 반대 방향으로 꺾어졌다.

"끄아아악!"

괴성이 들린다. 그러나 소하는 칼을 휘두를 가치도 없다는 듯 손등을 튕겼고, 그는 단숨에 가슴을 얻어맞으며 날아가 땅을 나뒹굴었다.

"다음."

소하는 차갑게 중얼거리며 손을 펼쳤다.

그 순간 주변의 기운이 어그러지며 덤벼들려던 여인 둘이 서로 부딪치며 비명을 질렀다. 빠른 속도로 부딪친지라 바로 의식을 잃었고, 소하는 이어서 천장으로 눈을 향했다.

빠지지직!

천장의 나무 대들보가 부서지며 그 안에서 무인이 칼을 든 채 나타났다. 소하의 정수리를 단숨에 꿰뚫기 위해서였다.

하지만 소하가 손가락을 튕기는 순간 그의 머리가 격하게 뒤흔들리며 땅으로 떨어져 내렸다.

천양진기의 기운을 쏘아낸 것이다. 소하는 그렇게 넷을 무력화시킨 뒤 눈을 돌렸다.

"윽!"

유태훈은 눈살을 찌푸리며 고함을 질렀다.

"뭘 하고 있나!"

다 같이 덤비라는 말이다. 그것에 무인들은 일제히 소하를 향해 달려들기 시작했다.

굉명의 자루를 한 번 흔들어 쥔 소하는, 이윽고 천천히 칼을 들어 올렸다.

"싸움을 피하는 방법?"

무림의 싸움이란 곧 생사결을 의미하기도 한다. 이리저리 얻어맞은 채 녹초가 된 소하를 보며 마 노인은 푸하하 웃음을 뱉었었다.

"원래 잡놈들은 눈도 약해 빠진지라 제대로 구별을 못 하게 마련이지. 그러면 알려주면 된다."

꿩명이 울부짖는다.

쫘라라라랑!

그 순간.

노란 섬광이 마치 번개처럼 쏟아지며 단숨에 주변을 내리쳤다.

폭발. 바닥재가 터져 나가며 사방으로 나무조각들이 솟구쳤고, 달려들던 무인들은 당황해 발을 접지르거나 자기들끼리 부딪쳐 나뒹굴고 있었다.

"힘의 차이가 얼마인지 말이야."

마 노인의 말대로, 소하의 힘을 본 순간 모두가 할 말을 잃은 채 가만히 서 있을 뿐이었다.

연기가 피어오른다.

유태훈마저도 입을 쩍 벌리고 있을 뿐이었다.

"하, 하하!"

그리고 뒤쪽에서 웃음소리가 들렸다.

"너희가 맞을 자가 아니다."

그것과 동시에 몸을 드러내는 노인의 모습. 아까 전 목연과 연사에게 차를 따라주던 노인이다.

"정말 경이롭군. 광명지주란 애송이에 대해 듣기는 했다만⋯⋯."

노인은 두려워하는 무인들의 사이를 뚫고 나오며 천천히 모습을 드러냈다.

아까까지는 선한 인상을 짓고 있어서 제대로 알 수 없었지만, 푹 파인 두 눈에서는 예기가 흐르고 있었다.

그는 소하의 기운도 아무렇지 않다는 듯 견뎌내며 앞으로 발을 내딛고 있었다.

"하지만 지나쳤다."

노인의 입이 떼어진 순간 으르렁거리는 소리가 울려 퍼졌다. 마치 이리처럼, 그는 소하를 향해 강렬한 살기를 드러내고 있었다.

"무림에 법도가 있음을 모르느냐."

"법도?"

소하는 조용히 광명을 내리며 천양진기를 개방했다.

서서히 흐르는 기운.

그것에 다른 무인들은 겁에 질려 뒷걸음질을 칠 정도였다.

"사람을 제멋대로 죽이려고 하는 게 법도인가?"

"강자존(强者存)."

노인은 조용히 자신의 두 손을 말아 쥐었다.

그의 무공은 맥랑(貊狼)이라 하여, 어마어마한 위력을 지닌 장력을 발출해 내는 기술이었다. 그가 소속된 곳에서도 노인 이상의 힘을 지닌 이는 얼마 없다고 자부할 수 있던 터였다.

"그것이야말로 무림의 법도다."

소하를 살려둘 생각은 없었다. 아니, 오히려 없애는 것이 유태훈의 바람이라 할 수 있었다.

무림제일도라 불리는 굉명을 얻는다면, 분명 천금에 준하는 값어치를 할 것이 분명했기 때문이다.

노인의 눈짓에 유태훈은 재빨리 물러섰다. 어마어마한 여파가 주변에 몰아친다는 예고와도 같았던 것이다.

"지금이라도 엎드려 빈다면… 편안하게 죽여주지."

노인의 비웃음에 소하는 천천히 굉명을 들어 자신의 등으로 향했다.

등에 메어진 걸이에 굉명을 거는 모습에 그는 피식 웃음을 흘렸다.

"포기한 게냐?"

그의 공격은 어마어마한 범위를 단번에 폭풍처럼 휩쓸어 버린다.

그렇기에 소하가 그 사실을 알아채고는 싸우기를 포기한 것이라 판단했다.

그러나 소하는 연원을 들어 그를 겨누었다.

"굳이 칼을 두 개 쓸 필요는 없을 것 같아서요."

잠시 노인의 얼굴에 멍한 표정이 흐른다.

그리고 그것은 곧 가득 주름이 지며 격한 노기로 변했다.

"건방진……!"

출수(出手).

노인의 손에서 거대한 장력이 응집되기 시작했다. 그것은 이윽고, 파도처럼 소하에게로 쏟아지려 그의 양 손바닥 안에 모여들고 있었다.

주변의 무인들이 당황해 뒤로 움직이기 시작한다.

아까의 소하는 그들이 알아챌 새도 없이 움직여 미처 대비할 수 없었지만, 노인의 주변으로 기운이 응집하며 소용돌이치는 것에 위협을 느꼈기 때문이다.

맞는 순간 팔이 날아가고, 당황한 적은 비틀거리다 이윽고 휘말려 버린다.

자신의 맹랑에 소하 역시 그리되리라 생각한 노인은 천천히 눈을 흡뜨며 양손을 앞으로 뻗었다.

그 순간 굉음이 울렸다.

"굳이 벌주(罰酒)를 원한다면야!"

마치 작은 혜성(彗星) 같았다. 단숨에 쏟아져 나가는 기운들은 유형화가 되어 노란빛을 그대로 품은 채로 소하의 온몸을 유린하려 하고 있었다.

피하지 않는다.

쏟아져 나가는 빛은 눈을 뜨고 보기 어려울 정도로 번쩍거리고 있었다.

소하는 그것에 들고 있는 연원을 아래로 내려쳤다.

콰콰콰콰콱!

날카로운 소리에 뒤이어 맥랑과 소하가 충돌했다. 노인은 속으로 소하를 비웃을 수밖에 없었다.

'멍청한 놈.'

맥랑은 맞는 순간 더욱더 날뛰는 무공이다. 그 증거로 소하에게 맞자마자 빛줄기가 굵어지며 사방으로 갈라져 나가고 있었다.

비산하는 빛줄기가 땅에 닿자 모래가 파이며 먼지가 피어오른다.

그러나 소하는 여전히 움직이지 않았다.

'뭐지?'

노인의 눈에 한 가닥 의문이 감돌았다.

지금쯤 팔이 증발했어야 옳다. 극양의 기운을 가진 자신의 맥랑이 이런 식으로 오래 상대를 먹어치우지 못한 적은 없었다.

양기(陽氣)란 상대를 침식하고 공격하기에 알맞은 힘이다.

노인의 맥랑은 그러한 양기의 영역에 속한 무공으로, 이제껏 만난 이들은 그 힘을 넘지 못하고 쓰러져 왔었다.

더한 극양기를 가지지 않았기에.

그러나 노인이 그 사실을 알 리가 없었다.

꿍음이 더욱 심해진다.

소하는 가만히 자신의 칼에 막혀 있는 맥랑의 기운을 내려다보고 있을 뿐이었다.

"기다려 봤는데."

그의 온몸에서 천양진기가 솟구쳤다.

쇄칵!

베어지는 소리.

그와 동시에 연원이 맥랑의 기운을 양단했다.

그 자리에 있는 모두가 놀랄 수밖에 없었다. 잘라진 기운은 이윽고 허공으로 스러지며 동시에 산산조각이 나 비산한다.

아무 소리도 없었다. 그저 소하의 천양진기에 먹혀 사라질 뿐이다.

"별거 없네."

소하는 그리 평가하며 앞으로 걸음을 옮겼다. 그의 온몸에서 연기가 피어나고 있었다.

노인은 당황했다. 손에 남는 기운은 분명 칠성(七成)의 맥랑이었다.

소하의 수준을 가늠해서 그가 견디지 못할 정도의 일격을 날려 버렸건만, 어째서 아무렇지도 않게 막아낸단 말인가?

소하는 가볍게 그에게로 연원을 겨누었다.

가깝다.

노인은 순간 소하의 검이 자신의 가슴께까지 다가와 있다는 사실에 놀랐다.

"철중방과 무슨 관계죠?"

노인의 눈이 찢어질 듯 일그러진다.

"무슨 소리지?"

"여기 오기 전에 철중방에 있는 사람 하나랑 싸웠었는데… 그 무공이랑 비슷한 걸 쓰시길래 말이에요."

흑철괴공.

그걸 알아봤다는 사실에 노인은 경악할 수밖에 없었다.

'내가 아주 잠깐, 그것도 손에 펼쳤던 걸……?'

맥랑의 기운은 자신의 몸마저도 붕괴시키기 일쑤다.

그렇기에 노인은 늘 공격을 할 때마다 육체를 강화시키는 외공을 사용해야 했다. 그중 가장 적당한 게 바로 흑철괴공이었고 말이다.

"돈을 요구했던 철중방 사람이 여기 있다는 건……."

소하의 눈이 유태훈에게로 돌아갔다.

"사정을 알 만한 일이네요."

유가장과 철중방이 모종의 연합을 맺었다.

피웅!

유태훈의 뺨 옆으로 무언가가 스쳐 지나갔다. 도망치려는 순간 소하가 쏘아낸 내공이 벽에 상처를 낸 것이다.

동시에 사방으로 기운이 쏟아져 나오기 시작했다.

노인은 입을 쩍 벌릴 수밖에 없었다.

'이게 뭐지?'

마치 살아 있는 듯한 노란 빛줄기들이 너울너울 소하의 몸에서 쏟아져 나오며 허공을 메우는 모습이었다.

강하다.

노인은 이제야 소하가 자신보다 월등히 강하다는 사실을 깨달았다.

"큭……!"

그러나 그렇다고 해서 물러설 수는 없었다. 여기서 자신이 해야 할 일이 있기 때문이다.

그가 맞서려는 것을 소하도 알고 있었는지, 이미 연원을 쥔 채로 노인에게 휘두를 준비를 마치고 있는 모습이었다.

"마흠(碼欽), 그만두게."

두 명이 격돌하려는 순간, 뒤쪽에서 나직한 음성이 들렸다.

"자네가 못 이기는 상대야."

"나, 나오시면 안 됩니다!"

마흠이라는 노인이 다급히 고함을 쳤다.

그가 여기 굳이 나선 이유는 바로 소하의 목적이 지금 뒤에서 걸어 나오는 중년인일 가능성이 높았기 때문이었다.

"유가주. 생각했던 어설픈 계획이 들통 나서 부끄러우시겠소."

유태훈의 얼굴이 붉게 물들었다.

소하를 없애고 무기를 빼앗으려던 건, 어디까지나 그의 독

단적인 생각이었기 때문이다.

"지켜보니, 아마도 자네가 원하는 건 유가주의 목숨은 아니었던 것 같군."

소하는 가만히 고개를 끄덕였다.

그것에 중년인은 몸을 돌려 유가장의 무인들에게 고함을 쳤다.

"네놈들은 썩 물러나라!"

내공이 실린 고함.

그것에 벽이 웅웅 진동하며 떨기 시작한다. 그의 고함 하나만으로 소하는 느낄 수 있었다.

'강한 사람이다.'

선무린과 같다. 초인의 영역에 달한 자.

그러나 선무린이 기운을 감추지 않고 이리저리 쏟아내고 있다면, 이자는 그것을 완벽하게 체내로 갈무리하고 있었다.

"유가주의 일에 대해서는 조금 뒤에 알아보는 게 어떤가?"

중년인은 살짝 소하를 바라보며 미소 지었다.

"자네와 나는 그전에 이야기할 게 있거든."

소하는 여전히 칼을 내리지 않았다. 그가 선무린과 같은 경지이든 어쨌든, 유태훈의 행동에 대해서 확실히 들어야만 했기 때문이다.

그러나.

"환열심환."

소하의 눈이 살짝 흔들림을 보였다. 그것을 알아챈 중년인은 노인이 당황하는 것에도 빙긋 미소 지었다.

"나는 서약사(西藥師) 모진원(募盡源)이라고 하네."

*　　　　*　　　　*

"뭐, 뭐냐……."

남자는 비틀거리며 가쁜 숨을 토해내고 있었다. 목울대 너머에서 붉은 핏물이 뚝뚝 떨어져 내린다.

"대체… 네놈은……!"

"알면 어쩌려구."

비릿한 목소리가 들렸다.

핏물을 자박자박 밟으며 다가오고 있는 무인은 칼을 늘어뜨린 채 느릿한 웃음을 뱉었다.

"그러면 살 줄 알아?"

이곳은 무림에서도 명문이라 일컬어지는 산동악가(山東岳家).

명장(名將)의 피를 이었다는 전통적인 무가였다.

창법으로 유명해 수많은 무인이 그 명성을 드높이고 있었지만, 지금은 모조리 죽어 땅에 널브러져 있는 모습들뿐이었다.

남자, 악환(岳渙)은 자신의 창을 굳게 쥐며 고개를 들었다.

한 번의 충돌로 전신의 내장이 모조리 터져 나간 듯 핏물이 끝없이 토해져 나오고 있었지만, 여기서 물러설 수는 없다는 마음에서였다.

"이곳은 악가다······!"

악가창법(岳家槍法)이라 하면 무림에서도 신출귀몰한 초식으로 유명할 터였다.

그러나 찌르는 순간 자신의 옆에서 검이 솟아나와 두 명을 날려 버렸고, 뒤이어 달려든 자들은 어떻게 베였는지도 알지 못한 채 쓰러져 죽었다.

쳐들어온 자는 킥킥 웃기만 할 뿐이었다.

"그런데 다 죽었네?"

악환은 자신의 아들, 악여운(岳如雲)의 시체가 입을 쩍 벌린 채 누워 있는 것을 보며 분기가 치솟을 것만 같았다. 심지어 쳐들어온 자는, 악여운의 시체를 발로 밟으며 질근질근 누르고 있었다.

"어떻게 하나. 대가 끊겨서."

"이, 찢어 죽일 놈······!"

악환의 두 눈에서 불꽃이 피어나왔다. 도저히 이대로는 죽을 수 없었다. 어떻게든 저자에게 치명적인 상처를 입히고 죽어야만 했다.

그는 자신이 익힌 악가창법의 묘수를 위해 내공을 끊임없이 모아 왔다. 자신의 부하들이 앞을 막고 죽어갈 때에도, 심지어 아들이 뛰어들어 단칼에 몸이 반으로 잘려 버릴 때에도 말이다.

모든 무공에는 간격(間隔)이 존재한다.

그리고 악가창법은 그 간격이 넓고 변화무쌍하기로 유명한 무공이었다.

두 걸음.

두 걸음만 더 앞으로 온다면 이제까지 모아온 내공을 소모 없이 방출하기에 가장 좋은 거리다.

그리고 남자는 거침없이 앞으로 발을 디뎠다.

악환은 고함을 질렀다.

"악가의 힘을 보아라!"

괴성과 함께 용이 꿈틀거렸다.

칠룡투(七龍透)라 불리는 초식.

악가창법의 절초이자, 이제까지 악환이 펼쳐 당해낸 자가 얼마 없을 정도로 강렬한 힘을 응축한 기술이었다.

일곱 줄기의 창날 하나하나가 회선하며 닿는 적을 분쇄해 버린다.

마치 거대한 용이 된 것처럼, 악환의 몸이 눈부시게 날아들 며 남자를 향해 창을 내찔렀다.

그러나.

허공에서 그어지는 일검이 단숨에 용을 내려친다.

"쪽팔리게 소리치기는."

콰차차앙!

창날이 부서지는 모습이 느리다.

악환은 자신의 애병이 순식간에 조각조각 나 부서지는 광경을 멍하니 쳐다볼 수밖에 없었다.

일곱 마리의 용의 몸이 모조리 반토막 나며 허공에 내공의 입자를 날릴 뿐이다.

"역우(逆羽)."

그 순간 내공이 비산하며 날아들었다.

베는 동작과 동시에 허공이 휩쓸려 나가고, 그 충격에 악환의 몸이 말려들었던 것이다.

"카으아악!"

창을 쥔 손이 잘린다. 내공의 여파는 마치 하나하나가 칼날처럼 날카로워, 단숨에 악환의 온몸을 잘라내고 있었다.

허공에 둥실 뜬 몸은 허탈하게 바닥을 바라본다.

아들의 시신을 바라보던 악환의 몸은 이내 땅으로 둔중하게 내려쳐지며 데굴데굴 굴렀다.

"잘난 듯 말했지만."

남자는 피식 웃으며 칼을 어깨에 걸쳤다.

"시천무검에 비하기는 지나치게 모자라군."

"시천… 무검……?"

악환은 홉뜬 눈을 힘겹게 굴려 남자의 얼굴을 바라보았다.

혁월련은 여전히 비웃는 얼굴 그대로다.

"월… 교는 멸망했……."

"그건 옛날 얘기지."

그는 천천히 앞으로 걸어오고 있었다. 악환은 치밀어 오는 고통 속에서도, 멍하니 입을 열어 중얼거리는 것만을 계속할 뿐이다.

"그럴… 리가… 시천마는 죽었……."

"그분은 이제 없지."

콰직!

칼로 악환의 머리를 내리찍어 버린 혁월런은 뺨에 튄 피를 닦으며 웃음을 흘렸다.

"하지만 내게로 이어졌다."

고요하다.

혁월런은 킥킥 웃다 이내 욱 하고 기침을 내뱉었다.

쿨럭이는 소리가 울리고 있었다.

"아직 몸이 견디기엔 어려운 무공입니다."

뒤쪽에서 상황을 지켜보던 성중결은 혁월런에게로 다가서며 조용히 말을 덧붙였다.

기침을 토해내던 혁월런은 입을 가리던 손을 떼며 흐흐 웃음을 흘렸다.

"이 정도 힘인데, 가벼운 거죠."

손바닥에는 검붉은 핏물이 묻어 있다. 시천무검이라는 힘을 다룬 후유증이었다.

"교주님의 몸은 시천월교를 다시 세울 지보(至寶)입니다."

"그래서 이런 식으로 '수련'을 하는 거 아니겠어요."

무관에서 수련을 하던 중, 성중결과 혁월련은 같은 사실을 깨달았다.

시천무검은 철저한 실전 무공이다.

싸워서 익혀야만 한다.

성중결과의 비무는 아무래도 직접 생명을 취한다는 부담감이 없었기에, 결국 그 역시 혁월련의 무림행을 허락했던 것이다.

"게다가 그자가 원하는 일이기도 하니, 일석이조죠."

초식을 연달아 사용하는 것만으로도 육체가 파열한다.

성중결은 시천무검에 숙련된 시천마만을 보아왔기에, 그 무공이 사실 얼마나 큰 부담을 지고 있는 것인지 알지 못했었다.

그러나 혁월련을 보면 알 수 있었다. 그 모두가 우러러보는 천혜(天惠)의 강자가, 대체 어떠한 수련 끝에 그 경지에 이르렀는지 말이다.

"일단은 단련이 최우선입니다. 초식에 숙달되셨다고 해도……."

"환열심환을 먹었더라면."

혁월련의 입에서 으르렁대는 소리가 흘러나왔다.

"이런 개고생을 할 일도 없었겠지."

극양기로 뭉쳐진 환열심환은 육체의 재구성에 있어 탁월한 효능을 보이는 약이다.

"서약사는 그걸 마지막으로 은둔했습니다. 다시 찾을 일은 없겠죠."

"소림은 어떨까요?"

대환단을 뜻하는 말이다.

탐욕에 찬 혁월련의 눈을 바라보던 성중결은, 이내 고개를 저을 수밖에 없었다.

"봉문한 소림을 공격하게 된다면, 우리는 준비가 되지 않은 상태에서 다시 대전(大戰)을 시작하게 됩니다."

이전 시천월교가 패배했던 것처럼, 다시금 몰락의 길을 걸을 수도 있다는 뜻이다. 제 아무리 시천무검을 소유했다고 해도 혁월련은 아직 성숙하지 않은 상태였다.

"어쩔 수 없네요."

혁월련의 몸에서 은은한 기운이 맴돌았다. 그리고 그는 천천히 죽어버린 악환의 시체로 다가가기 시작했다.

"이놈들이라도 빨아먹어야지."

전신을 휘도는 기운. 성중결은 가만히 그 장면을 바라보다 인상을 찡그렸다.

'천마께서 저걸 남겼다.'

흡성대법(吸星大法)이라고 했다.

타인의 내공을 자기 몸으로 흡수할 수 있는 힘. 듣기만 해도 소름이 끼칠 정도로 두려운 무공이다.

이제까지 혁월련은 수십이 넘는 무인을 죽여 그 힘을 흡수했다. 그의 내공이 점차 강대해지고 있다는 것은 보지 않아도 느낄 수 있었다.

'하지만……'

악환의 몸에서 남은 내공을 흡수하고 있는 혁월련은 잔인한 미소를 짓고 있었다.

'그것이 과연, 천마께서 바라셨던 완성(完成)인 것인가?'

대답은 들려오지 않았다.

第七章
계승

"기이한 기분이로군."

서약사의 방은 유가장의 구석진 곳에 마련되어 있었다. 약향이 진동하고, 옆쪽에는 약재가 그득히 쌓여 있는 모습이 보였다.

소하는 조용히 자리에 앉은 채 옆쪽의 유태훈을 흘깃 바라보았다.

그는 어쩔 줄 모른 채 긴장한 표정으로 안절부절못할 뿐이다.

"여기서 내 마지막을 만날 줄은."

와중 유일하게 느긋한 자, 모진원은 턱수염을 문지르며 히죽 웃음을 지었다.

그는 정말로 만족스럽다는 듯 소하를 바라보고 있었다.

"제대로 녹아들었나… 사실 반쯤은 망할 거라 생각했었다만."

"망한다……?"

소하가 고개를 갸웃거리자, 모진원은 비릿하게 웃으며 중얼거렸다.

"그대로 몸이 견디지 못하고 녹아버릴 가능성도 생각해 두었었지."

소하는 그 말에 문득 이전 환열심환을 처음 먹었을 때를 떠올려 보았다. 갑작스레 강렬한 화기가 속을 휘감았고 열이 전신에서 솟구쳤었다.

"극양기를 응축시키기란 정말 어려운 일이네. 시천마 정도의 육신이 아니면 혼자 버티는 일은 불가능에 가깝지."

모진원은 슬쩍 손을 뻗어, 소하의 맥문을 쥐어보았다.

"자네는 그런데 이상하게도 안정되어 있군."

"도움을 받아서요."

"도움?"

모진원은 믿을 수 없다는 듯 표정을 찡그렸다.

"아무리 그렇다 해도… 환열심환을 진정시키는 건 정말로 어려운 일일 텐데."

어지간한 고수가 아니고서는 이 화룡(火龍)을 제어하는 일이 불가능하다.

그러나 모진원은 소하가 어떤 배경을 지니고 있는지 모르고 있었기에 신뢰할 수 없었던 것뿐이다.

천하오절의 넷이 한데 모여 소하의 몸을 다스려 주었다. 무림의 어떠한 고수라고 해도 그만한 경험을 할 리는 없을 것이다.

"뭐, 아무튼… 의외였네. 환열심환을 먹은 자가 나타날 줄은."

모진원은 흠흠 소리를 내며 옆쪽에 놓인 자신의 보따리를 뒤적거렸다.

"혹시 목구멍이 따갑거나, 속이 상하는 일은 없었나?"

"없던 것 같은데요."

"흠… 기운이 치우치면 몸에 부담이 가게 마련인데. 흔히들 화상을 입는 일도 잦지. 그런데 자네는 아무렇지도 않았다?"

"엄청 얻어맞기는 했었어요."

"맞았다고?"

모진원은 인상을 찌푸렸다. 그게 무슨 말인지 잠시 생각해 보던 그는, 이내 짝 하고 손바닥을 쳤다.

"회복에 몰아버린 거로군. 그런가… 양기를 중화할 때 그런 식으로 사용해도 괜찮겠어."

이어서 어디선가 붓을 꺼내서는 슥슥 종이 위에 글씨를 써 나갔다.

"이론은 입증된 거로군. 근골의 발달을 보건대 역시, 극양기를 사용하는 것으로 내공 증진을 확실하게 이룰 수 있다는 사실도 알 수 있겠고… 누가 알려준 거지? 이런 걸 아는 자는 흔치 않을 텐데."

턱을 문지르는 그를 보던 소하는, 이내 조심스레 입을 열었다.

"척 할아버지요."

"척……?"

잠시 공중을 휘돌던 그의 눈. 그리고 이내 모진원의 인상이 찌푸려졌다.

"유가주."

"예."

놀란 유태훈이 바로 대답하자, 모진원은 눈살을 가늘게 뜨며 마흠에게 말했다.

"마흠과 같이 나가 있게."

마흠은 놀란 표정을 지었지만, 이내 고개를 끄덕이며 유태훈을 붙잡고는 방을 나섰다. 곧이어 모진원은 시녀들마저 나가게 만든 뒤, 소하와 단둘이 남게 되자 말을 이었다.

"만박자?"

"네."

"허."

모진원은 이내 허탈한 숨을 토해냈다.

"천영군림보에, 굉천도법에, 백연검로였지?"

"네."

그는 어이없다는 듯 머리를 마구 긁적였다.

"내공심법은 천양진기?"

소하가 고개를 끄덕여 보이자, 그는 미치겠다는 듯 허허 웃음을 토하며 고개를 뒤흔들었다.

"농담이라 하면 당장 온몸을 찢어버려도 모자랄 것이지만… 믿을 수밖에 없겠군."

굉명을 쓰는 소하를 보았다. 더군다나 연원을 사용한 백연검로로 마흠의 맥랑을 찢어발기는 것까지 보았다. 믿지 못하는 게 바보일 것이다.

허공에 웃음을 흘린 모진원은 이내 고개를 내리며 소하를 바라보았다.

"시천무검은?"

"배우지 않았어요."

"왜지? 자네는 시천마의 제자일 텐데?"

"저도 그걸 묻고 싶었죠."

소하는 후우 하고 한숨을 내뱉었다. 이전 비원동에서의 일이 떠올랐다. 노인들의 사념들에게서 들을 수 있었던 충격적인 사실을 말이다.

"시천마는 천하오절의 무공을 하나로 합치고 싶어 했던 건가요?"

모진원은 떨떠름한 표정을 지었다.

"나 참, 그 작자가 사라진 뒤 절대로 듣지 못할 거라 생각했는데."

한숨을 크게 내뱉은 모진원의 눈이 소하를 향했다.

"그는 자신의 무공에 만족하지 않았다네. 아니……."

말꼬리를 흐린 그는 이윽고 천천히 허공을 바라보았다. 그러자 마치, 예전의 일들이 흐릿하게 눈앞을 적시는 기분이 들었다.

"새로이 태어나고자 했었지."

*   *   *

처음 그를 보았을 때.

정점이 무엇인지를 알았다.

마치 작은 산에 한 번 올라온 이가 다른 거대한 산을 보았을 때 느낄 수 있는 감정과도 같았다. 절대 자신의 발로는 넘어설 수 없는 거대한 절벽이 눈앞에 서 있었다.

시천마 혁무원.

모든 무인의 우상이자 절대의 자리에 오른 자는 고요히 모진원을 바라보고 있었다.

"원하는 게 무엇이오."

목소리의 떨림을 감출 수는 없었다. 모진원의 그러한 물음에,

혁무원은 단칼에 대답했을 뿐이다.

"나는 더 강해질 수 있나?"

어이가 없었다.

지금도 충분하다. 그의 경지에 달할 수만 있다면 모든 것을 집어던질 무인들이 세상에 산재해 있는 상황이다. 그런데 굳이 자신에게 그러한 것을 묻는다고?

"내, 내 눈으로는……."

"서약사라고 하면 영약(靈藥)에 있어서는 따라올 자가 없다고 들었지."

혁무원의 목소리는 생각보다 굵지 않았고, 위엄차지도 않았다. 그저 어디서나 볼 법한 평범 그 자체의 무인이라고 할 수 있었다.

그러나 그의 목소리에서 흘러나오는 기운, 팔을 살짝 올릴 때 느껴지는 압력이란 모진원을 단박에 긴장시키기에 충분했다.

"나를 판단해라."

혁무원은 그를 가만히 바라보며 그리 평했을 뿐이다.

그것에 모진원은 엉거주춤 손을 뻗을 수밖에 없었다.

"맥문을 잡아야 하오."

무인에게 있어 맥문을 잡힌다는 것은 어쩌면 죽음에도 이를 수 있는 일이다. 그러나 혁무원은 가볍게 손을 내밀었다. 죽이려고 시도할 테면 시도해 보라는 태도였다.

덜덜 떨리는 손으로 시천마의 단단한 팔을 붙잡은 모진원은, 이내 자신의 내공을 조심스레 흘려넣었다. 시천마의 육신은 극도로 강화되어, 모진원의 힘 정도는 가볍게 내리누를 수 있을 것만 같았다.

얼마의 시간이 지난 뒤, 모진원은 손을 내려놓았다.

"불가능하오."

"그런가."

시천마의 육체는 이미 초인의 너머에 달해 있다. 내공 역시 마찬가지다. 닿은 순간, 모진원은 거대한 바다를 보는 것만 같았다. 그는 명실상부 무림제일이라 칭할 수 있는 자였던 것이다.

"다, 당신은… 더 이상 강해질 필요가 없지 않소."

"어째서지?"

혁무원의 눈이 살짝 가늘어졌다.

"무(武)는 끝이 없다."

그 순간.

파도가 몰아치는 것만 같았다.

모진원은 자신 역시 경지에 달한 이라고 여겨왔다. 그렇기에 누군가를 대하는 데에 있어 절대 못난 모습을 보이지 않았고, 오히려 강압적인 태도로 대하는 데에 이력이 난 자였다.

그런 그가 바닥에 엉덩방아를 찧었다.

혁무원이 스스로의 기운을 풀어낸 순간, 모진원은 도저히 견디지 못하고 다리의 힘이 풀려 버렸던 것이다.

"아직 나는, 이기지 못했다. 서약사."

"으, 으으으……!"

무섭다.

뺨을 두드리는 이 기운이, 싸늘하게 치밀어오는 살기가 너무나
도 무서웠다. 도저히 견디지 못하고 비명을 질러 버릴 것만 같았
다.

그런 모진원을 보며 혁무원은 한 걸음을 앞으로 옮겼다. 그의
발이 땅에 떨어지자 고막이 떨어져 나갈 것만 같았다.

"나는 자네의 도움이 필요해."

"무, 무슨……."

기운만으로도 압사당할 지경이다. 대체 그런 혁무원이 자신에
게 무엇을 요구한다는 말인가?

"스스로의 육신을 벗어나려 하네."

세상이 모조리 물에 잠긴 것만 같았다. 눈앞이 뿌옇게 변하고,
귓전으로는 꾸르륵 거리는 소리만이 가득하다. 혁무원이 아마 더
다가온다면 정말 거품을 물고 기절했을 것이다.

"영약이 필요해."

"화, 화… 환골탈태(換骨奪胎)?"

"정확하네."

환골탈태란 강대한 내공이나 기운의 힘으로 육신을 더욱더 나
은 몸으로 바꾸는 것을 의미한다.

이제까지는 그 경지까지 내공을 가진 자가 없었기에 가능하지
않아 우스갯소리로 치부하기 일쑤였지만, 모진원은 만약 시천마
라면 그러한 일이 가능할 수도 있겠다는 생각이 들었다.

"왜, 왜……?"

"더 강해지고 싶으니까."

그는 빙긋 웃어 보였다. 그러나 모진원은 그 웃음마저도 두려웠다.

무릇 인간이란, 자신을 아득하게 뛰어넘는 자를 보면 두려움이 앞서게 마련이다.

보통은 경외하는 마음으로 쳐다보았겠지만, 모진원과 혁무원은 그것을 초월할 정도로 어마어마한 차이를 갖고 있었다.

"최근 연구하고 있는 게 있다 들었네."

"드, 드리겠소."

그 순간 그를 압박하던 기운이 사라진다.

혁무원은 고개를 끄덕였을 뿐이다.

"고맙네."

그러고는 떠나간다.

서서히 걸음을 옮기는 혁무원을 보며, 모진원은 참고 참았던 질문을 던졌다.

"대, 대체……"

혁무원이 멈춘다.

"무엇과 싸우려는 거요?"

모진원이 가장 궁금했던 것은 바로 그 질문이었다. 이제 거의 인간의 경지에서는 끝에 달했다고 생각되는 시천마가 무엇이 아쉬워서 자신의 육체를 버리는 도박을 저지르겠다는 말인가?

그것에 혁무원은 조용히 손가락을 들어 올렸다.

손가락이 가리키는 것은, 광대한 창천이었다.

"하늘."

그 목소리만이 너울너울 흩어지고 있었다.

떠나는 혁무원을 보며 모진원은 아무 말도 하지 못했다.

*   *   *

"환골탈태……."

"그는 세월마저도 이기고 싶었던 것이지."

쓸쓸한 웃음을 보인 모진원은, 이내 한숨을 쉬며 고개를 절레절레 저었다.

"인간은 순리(順理)를 이길 수 없네. 당연한 일이지."

그러나 모진원은 환열심환에 자신의 모든 힘을 쏟아넣었다. 당연한 일이었다.

그에게 있어… 세상 그 누구와도 비교할 수 없는 시험이 된 것이니 말이다.

"하지만 나는 시천마가 정말로 천순(天順)을 극복하기를 원했었다네."

그렇다면 자신을 포함한 무인들에게 새로운 세계가 열리는 일이니까.

그러나 시천마는 환열심환을 받은 뒤 사라졌다. 얼마 동안은 모진원도 희망을 가진 채 기다렸지만, 시천마는 나타나지 않았으며, 시천월교의 지배만이 망연히 시작되었을 뿐이었다.

"결국 그런 것이지. 환열심환은… 결국 자네에게 갔군."

그의 눈이 소하를 향했다. 맥문을 짚었을 때, 소하의 몸에서 완벽하게 자리 잡은 환열심환을 확인할 수 있었다. 천하오절의 네 명에 의해 그것은 이제 완전한 소하의 힘이 된 것이다.

"천운에 감사하게나."

시천마의 목적.

그것을 처음 안 소하는 내심 기이한 감정들이 솟구치는 것을 느꼈다.

시천마라는 무인이 누구인지는 알 수 없지만, 그가 추구하고자 한 이상이 얼마나 터무니없는 것인지, 상상만 해도 멍해질 정도였다.

강해진다는 것은 무엇일까?

그는 오로지 그것만을 위해, 스스로의 육체를 버리면서까지 나아가려 했다. 소하는 이해할 수 없는 경지였다.

아무리 강한 무공을 익힌다고 해도.

눈앞의 사람이 죽어가는 모습은 절대 아무렇지 않게 응시할 수 있는 것이 아닌데도 말이다.

"유가주는 그릇에 비해 야망이 큰 자라네."

모진원은 가볍게 찻잔을 돌리며 중얼거렸다.

"그가 은둔하던 나를 찾아내 이리로 초대한 데에는, 필시 다른 목적이 있기 때문이겠지. 아마도… 유가주 자신이 아닌, 그의 배후(背後)가 생각한 것이겠지만."

배후. 소하는 내심 유가장과 철중방의 행동이 서로 연관되어 있다고 생각했다.

"그리고……."

쿠우우웅……!

소하는 내심 귓전으로 스며드는 무언가를 느꼈다. 그것은 묵직하게 온몸을 파고들며, 금세 소하에게 경계심을 떠올리게 만들고 있었다.

"자네를 주시하고 있었던 모양이로군."

초인에 이른 모진원 역시 상황을 파악한 모양이었다. 그는 느긋이 눈을 들며 중얼거렸다.

"나는 무림에 나를 내보일 생각이 없네. 환열심환 이후… 더 이상, 나는 그보다 나은 영약을 만들 자신이 없거든. 또한……."

그의 눈은 기묘한 회한을 안고 있었다.

"이제 지쳐 버리고 말았지."

가만히 땅을 툭툭 두드리던 손가락은, 이윽고 멈춘다. 마치 세월 그 자체에 짓눌려 버린 모습이었다.

"환열심환은 자극하면 자극할수록 더욱더 강한 극양기를 뿜어낼 걸세. 아마 자네도 느껴왔겠지."

"네."

천양진기를 점점 더 개방할수록, 환열심환은 소하의 육체가 따라가지 못할 정도의 극양기를 넘겨주곤 했었다.

"스스로를 믿어야 하는 법."

모진원은 씩 웃음을 지었다.

"시천마와 같은 강한 자만이 사용할 수 있는 약이라 생각했었네. 그 누구도… 자신에게 확신을 지닐 수는 없으니까."

조금만 건드리면 금방 무너져 내린다.

그것이 인간이다.

아무리 두터운 벽을 둘러치고 있다 해도, 서서히 금이 가고 무너지는 것은 피할 수 없다. 모진원은 그렇게 생각하고 있었다.

"수많은 수련을 했겠지."

점점 더 기운이 가까워져 온다.

모진원은 슬쩍 옆을 턱짓했다.

"자네가 어떤 것을 계승(繼承)해 왔는지, 내게 보여줄 수 있겠나?"

그 물음에 소하는 서슴없이 자리에서 일어섰다.

정체가 불분명한 습격자가, 적어도 자신들에게 호의를 지니고 쳐들어오는 것이 아니라는 사실은 이미 파악하고 있었다.

몸을 돌리는 소하의 모습. 그리고 문을 열며 나아가는 것에 모진원은 흠 소리를 냈다. 턱을 괸 그의 눈에는 의문만이 감돌고 있었다.

"천하오절은 대체 왜……?"

아무도 대답은 해주지 않았지만.

그 물음만은 여전히 방 안을 맴돌 뿐이었다.

＊　　　　＊　　　　＊

사람의 몸이 하늘을 난다.

땅에 처박히는 동시에, 땅을 구르는 무인은 붉은 핏물을 토해내며 버르적거리고 있었다. 주먹에 얻어맞은 순간 갈비뼈가 모조리 박살 나버렸기 때문이다.

주먹으로 사람을 때려 날려 버린 자는, 이내 묵묵히 손을 내렸다.

"이, 이게 무슨 짓이오!"

유태훈은 고함을 질렀다. 갑작스레 대문을 날려 버리며 등장한 침입자는 뒤에 열 명의 무인을 대동한 채 위협스레 걸음을 옮기고 있었다.

그들이 들고 있는 깃발에 적힌 천하철중이라는 글자. 그들의 정체가 철중방임을 모두가 알 수 있게 만드는 것이었다.

"처, 철중방의 무인들이 대체 왜!"

"우리 애들이 신세를 진 놈이 이곳에 있다고 들었다."

동시에 땅이 뒤흔들린다.

발을 가볍게 구른 것만으로도 지진을 일으키다니? 모두가 당황해 어쩔 줄을 몰라 하고 있는 상황이었다.

"뭐, 뭐……?"

유태훈은 그제야 눈앞의 거한이 누군지 알아볼 수 있었다. 그리고 처음 든 생각은 믿을 수 없다는 것이었다.

"대, 대협! 저희는 당신들과……!"

"광명지주."

서늘한 미소가 거한의 입가에 감돌았다.

"그자가 이곳에 있다고 들었다."

스르르릉!

거한의 손에 들린 것은 육중한 대도였다. 그것을 본 무인들은 뒷걸음질을 치기 시작했고, 두려운 눈으로 뒤를 응시했다. 어떻게든 해달라는 말이다.

지금 거한에게서 흘러 나오는 살기는 그들 모두를 몰살시켜도 모자라지 않을 정도로 무시무시했다.

"마, 마 대협!"

다급히 유태훈이 고개를 돌려 마흠을 불렀다. 자신이 아는 자들 중에서는 마흠이 가장 강하기 때문이다.

그러나 마흠 역시 식은땀을 흘리는 채로 입술을 깨물었다.

"철령도를 이어받은 자인가."

"갈위(碣慰)."

갈위라고 스스로의 이름을 밝힌 거한은 자신의 애도이자

대대로 철중방을 상징하는 도인 철령도를 내리며 중얼거렸다.

"그 이름이면 충분하다."

단박에 마흠의 인상이 구겨졌다.

"철중방주인가."

그의 양손에서 내공이 피어올랐다. 맥랑을 사용한다고 해도, 자신이 이길 거라는 보장은 어디에도 없었다. 아니, 기세에서부터 마흠은 이미 갈위에게 제압당해 있는 상태였다.

철중방의 마지막 방주.

갈위의 정체를 안 유태훈 역시 덜덜 떨며 고개를 젓고 있었다.

"자, 잠깐 기다려 주십시오! 저희 쪽에는⋯⋯!"

"기다릴 마음은 없다."

그의 손에 들린 철령도가 위로 올라간다. 보통 도보다 몇 배는 더 큰 크기. 더군다나 둥그런 고리들이 도의 뒤쪽에 우르르 걸려 있어 움직일 때마다 쨜랑거리는 소리가 일고 있었다.

그곳에 서서히 뭉치기 시작하는 검은 기운, 그것을 본 마흠은 다급히 고함을 질렀다.

"물러서라! 당장!"

무인들이 비명을 지르며 도망치기 시작한다. 그가 칼을 휘두르려 한다는 것을 느꼈기 때문이다.

"길을 열지."

갈위는 그 말을 끝내는 즉시 도를 내려쳤다.

허공에 그은 일격.

누가 본다면 허탈한 웃음을 지었을 것이다. 대체 그렇게 칼을 휘둘러 어떻게 하겠냐고 말이다.

하지만 갈위의 공격은 그 순간 거대한 참격이 되어 허공을 분쇄하기 시작했다.

마흠의 눈이 일그러진다.

눈앞에 보인 검은 내공은, 동시에 참격이 되어 그들에게로 쏟아지고 있었다.

'막아낼 수 없다.'

양손의 맥랑을 동시에 쏘아낸다고 해도, 자신이 질 거란 사실을 명백하게 느꼈다. 그와 동시에 마흠은 다급히 눈을 돌렸다. 이대로라면 모진원까지 말려들 상황이었기 때문이다.

'젠장!'

막아내야 한다.

마흠은 동시에 자신의 양팔로 내공을 집중했다. 그의 소매가 부풀며, 팔목에 핏줄이 솟기 시작했다. 자신의 양팔을 잃는 한이 있더라도 모진원을 지키기 위해서였다.

그러나.

"숙여요!"

마흠은 동시에 누군가의 발이 자신의 어깨를 밟는 것을 느꼈다.

놀라 휘청인 그는, 이내 멍하니 하늘을 올려다보았다.

소하는 하늘을 나는 동시에 등에 짊어졌던 굉명을 뽑아 들었다.

마치 거대한 벼락이 내리꽂히는 것 같았다. 굉명이 울음을 뿌리며 횡으로 참격을 내리꽂자, 그와 동시에 갈위의 참격이 부딪치며 거대한 폭발을 일으켰다.

"으아아악!"

비명이 들린다.

굉음이 귓전을 메우는가 싶더니, 충격에 도망치던 무인들이 균형을 잃고 나뒹굴기 시작한 것이다.

유태훈 역시 중심을 잡지 못하고 날아가며 땅을 나뒹굴었다. 흙투성이가 된 뒤에도, 대체 이게 무슨 일인지 감을 잡지 못하겠다는 표정을 짓고 있었다.

그러나 갈위의 표정은 바뀌지 않았다.

"왔군."

소하가 내려앉는다.

폭발 덕에 둥글게 패여 버린 지반에 내려앉은 그는, 눈을 들어 갈위를 응시했다.

"내 부하가 네게 당했다는 이야기를 들었다."

그는 철령도를 든 채로 한 걸음을 옮겼다.

"나와 싸워라."

그가 원하는 건 바로 그것이었다.

천하제일도라 불리는 굉명과의 싸움. 굉명지주라는 소하가 자신의 부하들을 때려눕혔다는 말을 들었을 때, 그는 거침없이 밖으로 나가 유가장으로 향했다.

"그럼……."

소하의 눈은 여전히 담담할 뿐이다.

"뒤쪽의 사람들을 놔줘."

갈위의 눈동자에 희미한 이채가 감돌았다.

"감이 좋군."

그가 턱짓하자, 뒤쪽에 있던 자들이 붙잡은 이들을 천천히 보여주기 시작했다.

금하연과 연사, 그리고 목연의 모습이 보인다. 모두가 아혈(啞穴)을 제압당해 말을 꺼내지 못하고 있는 상황이었다.

"네놈을 끌어내기 위해 좋은 미끼를 잡았다고 생각했는데……."

갈위는 고개를 까닥대며 음산한 미소를 지었다.

소하와의 싸움을 가장 바라왔던 그는 소하가 움직일 만한 미끼를 이미 확보하고 있었다.

이곳에 오기 전 앞을 어슬렁거리던 이들을 계속해서 붙잡던 중, 이들이 소하를 알고 있다는 사실을 들었던 것이다.

금하연의 눈이 애처롭게 앞을 향했다.

한 부하가 붙잡고 있는 건, 피투성이가 된 장처인의 모습이었다.

"상대할 가치도 없는 피라미들이었지."

덜덜 떨며 피거품을 내뱉는다. 모두를 지키기 위해 앞으로 나섰지만, 그는 단 한 수에 양팔이 부러지고 속이 다 분탕질 된 뒤였다.

눈이 반쯤 돌아간 채 꺽꺽대는 신음을 토하고 있는 장처인을 본 소하는 가볍게 눈살을 찌푸렸다.

"아니면, 너 역시 그런가? 굉명지주가 다 허장성세에 불과한 말이라는 이야기도 돌던데."

갈위는 소하가 자신의 말을 듣고 분노해서 덤빌 것이라 생각했다.

"아니면……."

그의 철령도가 서서히 뒤쪽의 연사에게로 향하고 있었다.

"이 계집애가 찔려 죽어야 움직일 텐가?"

투콰아악!

동시에, 갈위는 눈을 부릅떴다.

주먹이 꽂아 넣어진다.

철중방의 무인 한 명은, 자신의 배를 깊숙이 뚫고 지나가는 충격에 토사물을 뱉으며 날아갔다.

마치 둔중한 철구가 쏘아진 듯, 그의 몸은 쭉 앞으로 날아가다 몇 장 밖의 바닥을 데굴데굴 구르고 있었다.

소하는 그가 붙잡고 있던 장처인을 받아내며 천천히 손으로 그의 아혈을 풀어냈다.

"유, 유 대협……."

장처인은 커흑 소리를 내며 핏물을 뱉었다. 몸은 고통에 부들부들 떨리고 있었다.

"미안, 미안하……"

"쉬고 있어요."

소하는 그를 붙잡아 천천히 나무 쪽으로 향했다. 그리고 모두가 멍하니 서 있는 사이, 그를 내려놓고는 몸을 돌렸다.

그리고 사라진다.

갈위는 으득 이를 악물었다.

"놈!"

동시에 철령도가 허공을 갈랐지만, 소하는 어느새 그의 품 안쪽까지 다가와 있던 후였다.

민다.

소하의 손이 가볍게, 벌레를 쫓아버리듯 갈위의 어깨를 붙잡은 채 옆으로 밀자 그는 삽시간에 눈앞의 풍경이 변하는 것을 보았다.

천지가 휘돈다.

소하가 민 순간, 갈위의 몸은 옆으로 내쳐지며 허공으로 날아올랐던 것이다.

평생 이런 일을 겪어본 적이 없었던 갈위다. 그는 놀라 내려 앉았지만, 이내 고개를 들자 그곳에는 또다시 날아가며 땅을 구르고 있는 부하의 모습이 있었다.

"콜록, 콜록!"

금하연은 기침을 하며 자신의 턱을 더듬었다. 아혈을 짚인 것이 처음이었기에, 숨을 쉬기도 어려웠던 것이다.

목연은 연사를 넘겨주는 소하를 보며 당황할 수밖에 없었다.

이전부터 소하에 대해, 강하기는 하지만 어리숙하고 멍청해 보인다는 생각을 하던 그였다. 그렇기에 자신이 그런 경지에 이르는 건 금방이라 나름대로의 자신을 가지고도 있었다.

그러나.

"뒤로 피해줘."

그 목소리에 담긴 무시무시한 기운이란.

"네, 네."

목연이 그리 말하며 옆으로 피하자, 금하연은 당황해 소하를 쳐다보았다.

"상당하군."

갈위는 몸을 풀며 소하를 바라보고 있었다. 그의 손에 쥐어진 철령도가 우우웅 소리를 내며 떨렸다.

"그럼 이제 제대로 붙어볼……!"

"원래 이런 싸움은 대화로 해결하는 게 제일이라고 배웠었지."

현 노인은 그리 가르쳤었다. 자꾸 싸움이 얽히다 보면, 자신이 원하지 않는 싸움 속에 휘말려 버릴 수 있다고 말이다.

소하는 칼자루를 꽉 움켜쥐었다.

굉명을 쥔 그는, 이내 전신에서 천양진기를 개방하며 눈살을 찌푸렸다.

"하지만……."

콰아아앗!

노란 기운이 눈부시게 솟구쳐 나온다.

그 모습.

멀리서 지켜보던 모진원은 눈을 의심할 수밖에 없었다.

"굉천도……."

마치 과거를 보는 것만 같았다.

"거슬리는 놈이 있으면, 치워 버리는 게 제일이라고도 배웠었지."

그와 동시에 소하는 앞으로 도약했다.

거대한 벼락.

굉명이 사방을 울음으로 채우며 갈위에게로 쏘아지고 있었다.

『광풍제월』 8권에 계속…

이제부터 전자책은

이젠북

www.ezenbook.co.kr

새로운 세계가 열린다!

김재한 『성운을 먹는 자』   철백 『대무사』
니콜로 『마왕의 게임』   가프 『궁극의 쉐프』
이경영 『그라니트:용들의 땅』   문용신 『절대호위』
탁목조 『일곱 번째 달의 무르무르』 천지무천 『변혁 1990』
강성곤 『메이저리거』   SOKIN 『코더 이용호』

이름만 들어도 황홀할 정도의 별들의 향연!
이들의 "유료연재"가 시작됩니다!

검색창에 **이젠북**을 쳐보세요! ▼

초대형 24시 만화방

신간 100%, 샤워실, 흡연실, 수면실(침대석), 커플석, 세탁기 완비

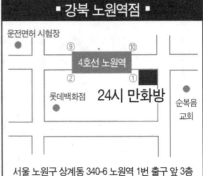

■ 강북 노원역점 ■

서울 노원구 상계동 340-6 노원역 1번 출구 앞 3층
02) 951-8324 (화용빌딩 3층)

■ 일산 정발산역점 ■

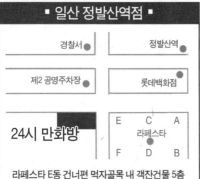

라페스타 E동 건너편 먹자골목 내 객잔건물 5층
031) 914-1957

■ 일산 화정역점 ■

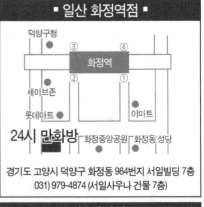

경기도 고양시 덕양구 화정동 984번지 서일빌딩 7층
031) 979-4874 (서일사우나 건물 7층)

■ 부천 역곡역점 ■

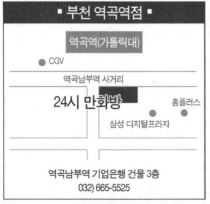

역곡남부역 기업은행 건물 3층
032) 665-5525

■ 부평역점 ■

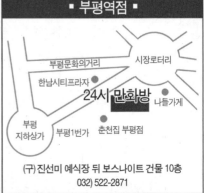

(구) 진선미 예식장 뒤 보스나이트 건물 10층
032) 522-2871

이민섭 新무협 판타지 소설

Fto ORIENTAL HEROES

역천마신

사술을 경계하라!

『역천마신』

소림의 인정을 받지 못한 비운의 제자 백문현.
무림맹과 마교의 음모로 무림 공적으로 몰린
그에게 찾아온 선택의 기회.

"사술, 이것을 받아들인다면 인세에 다시없을 악귀가 될 것이네."

복수를 위해 영혼을 걸고 시전한 사술이 이끈 곳은
제남의 망나니 단진천의 몸.

"무림맹 그리고 마교, 그 두 곳을 박살 낼 것이다."

이제 그의 행보에 전 무림이 긴장한다!

Book Publishing CHUNGEORAM

유행이 아닌 자유추구-
WWW.chungeoram.com

풍신서윤

강태훈 新무협 판타지 소설

FANTASTIC ORIENTAL HEROES

風神徐潤

2015년 대미를 장식할 무협 기대작!

『풍신서윤』

부모를 잃은 서윤에게 찾아온
권왕 신도장천과 구명지은의 연.
그러나 마교의 준동은
그 인연을 죽음으로 이끄는데……

"나는 권왕이었지만
너는 풍신(風神)이 되거라!"

권왕의 유언이 불러온 새로운 전설의 도래.
혼란스러운 세상을 정화하는 풍신의 질주가 시작된다!

Book Publishing CHUNGEORAM

유행이 아닌 자유추구 -
WWW.chungeoram.com

FUSION FANTASTIC STORY

성운을 먹는 자

김재한 퓨전 판타지 소설

『폭염의 용제』, 『용마검전』의 김재한 작가가 펼쳐 내는
이제까지와는 전혀 다른 새로운 이야기!

『성운을 먹는 자』

하늘에서 별이 떨어진 날
성운(星運)의 기재(奇才)가 태어났다.

그와 같은 날,
아무런 재능도 갖지 못하고 태어난 형운.
별의 힘을 얻으려는 자들의 핍박 속에서 한 기인을 만나다!

"어떻게 하늘에게 선택받은 천재를 범재가 이길 수 있나요?"
"돈이다."
"…네?"
"우리는 돈으로 하늘의 재능을 능가할 것이다."

Book Publishing CHUNGEORAM

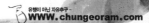

유행이 아닌 자유추구 -
WWW.chungeoram.com

MAJOR LEAGUER

메이저리거

FUSION FANTASTIC STORY

강성곤 장편 소설

꿈꾸는 자에게 불가능은 없다!

『메이저리거』

불의의 사고로 접어야만 했던 야구 선수의 꿈.
모든 걸 포기한 채 평범한 삶을 살던
민우에게 일어난 기적!

"갑자기 이게 무슨 일이지?"

그의 눈앞에 나타난 의미 모를 기호와 수치들.
그리고 눈에 띈 한 단어.
'타자(Batter)'

특별한 능력을 얻게 된 민우의
메이저리그 진출기가 시작된다!

Book Publishing CHUNGEORAM

유행이 아닌 자유추구 -
WWW.chungeoram.com

박선우 장편소설
FUSION FANTASTIC STORY

멋진 인생

Wonderful Life

태어나며 손에 쥔 것이라고는 가난뿐.

그러나 내게는 온몸을 불사를 열정과
목숨처럼 소중한 사랑이 있었다.

『멋진 인생』

모두가 우러러보는 최고의 직장이자 가장 치열한 전쟁터,
천하그룹!

승진에 삶을 바친 야수들의 세계에서 우뚝 서게 되는
박강호의 치열하지만 낭만적인 이야기!

Book Publishing CHUNGEORAM

유행이아닌 자유추구-
WWW.chungeoram.com

강준현 장편소설
FUSION FANTASTIC STORY

인생을 바꿔라

『복수의 길』, 『개척자』 강준현 작가의
2016년 신작!

자신이 무엇인지 알지 못하는 정신체, 염.
세상을 떠돌며 사람의 몸속으로 들어가
에너지를 얻고 나오길 반복하던 어느 날.

사고로 인한 하반신 마비. 애인의 이별 선언.
삶에 지쳐 자살하려는 김철의 몸에 들어가게 되는데……

"뭐, 뭐야! 아직도 못 벗어났단 말이야?"

새로운 삶을 살리라,
정처 없이 떠돌던 그의 인생 개척이 시작된다!

"어떤 삶인지 궁금하다고? 그럼 한번 따라와 봐."

Book Publishing CHUNGEORAM

유행이 아닌 자유추구 -
WWW.chungeoram.com

궁극의 쉐프

ultimate chef

가프 장편소설

FUSION FANTASTIC STORY

태초의 우물에서 찾은 사막의 기적.
사람의 식성과 식욕을 색으로 읽어내는 능력은
요리의 차원을 한 단계 드높인다.

『궁극의 쉐프』

요리란!
접시 위에 자신의 모든 것을 담아내는 것.

쉐프란!
그 요리에 자신의 가치를 증명하는 사람.

"요리 하나로 사람의 운명도 좌우할 수 있습니다."

혀를 위한 요리가 아닌, 마음을 돌보는 요리를 꿈꾸는
궁극의 쉐프 손장태의 여정이 시작된다!

Book Publishing CHUNGEORAM

유행이 아닌 자유추구 -
WWW.chungeoram.com

철순 장편소설
FUSION FANTASTIC STORY

괴물 포식자

지구 곳곳에 나타난 차원의 균열.
그것은 인류에게 종말을 고하는 신호탄이었다.

『괴물 포식자』

괴물을 먹어치우며 성장한 지구 최강의 사내, 신혁돈.
그는 자신의 힘을 두려워한 인류에 의해
인류의 배신자라는 낙인이 찍히고 죽게 되는데…

[잠식이 100%에 달했습니다.]
[히든 피스! 잠들어 있던 피닉스의 심장이 깨어납니다.]

불사의 괴물, 피닉스의 심장은
신혁돈을 15년 전으로 회귀하게 한다.

먹어라! 그리고 강해져라!
괴물 포식자 신혁돈의 전설이 시작된다!

Book Publishing CHUNGEORAM

유행이 아닌 자유추구 -
WWW.chungeoram.com